AF592279

PETITES VÉRITÉS AU GRAND JOUR,

SUR LES ACTEURS, LES ACTRICES, LES PEINTRES, LES JOURNALISTES, L'INSTITUT, LE PORTIQUE RÉPUBLICAIN, *BONAPARTE*, etc., etc.

PAR UNE SOCIÉTÉ
D'ENVIEUX, d'INTRIGANS ET DE CABALEURS.

Rien n'est beau que le vrai, le vrai seul est aimable.

Se trouve par-tout.

AN VIII.

PRÉFACE.

On a déjà fait cent critiques des auteurs et des acteurs, eh bien, l'on n'en a pas encore assez fait, car nos auteurs font d'aussi mauvais ouvrages qu'auparavant, et nos acteurs n'en jouent pas mieux.

DISCOURS PRÉLIMINAIRE.

Nous avertissons nos lecteurs (si toute fois nous en avons) que cette espèce de critique, mêlée d'éloges, n'est pas meilleure que celle qui ont parues jusqu'à présent, et qu'au contraire, nous la croyons inférieure à toutes les autres.

AVANT-PROPOS.

Nous nous sommes réunis plusieurs ambitieux, intrigans et cabaleurs pour rédiger ce petit chef-d'œuvre, *nous avions juré d'être impartiaux, mais*

Ces sermens, messieurs, souvent
Autant en emporte le vent.

Conserver la Couverture

[illegible]TITES VÉRITÉS

AU

[illegible]D JOUR,

[illegible]EURS, [illegible] ACTRICES,

[illegible] JO[illegible]ALISTES,

[illegible]ICAIN,

[illegible]ON[illegible] etc., etc.

[illegible] SOCIÉTÉ

D'[illegible] ET DE [illegible]

[illegible] vrai seul est aimable.

[illegible] Française, n°. 2.

[illegible] VIII.

ÉPITRE DÉDICATOIRE.

Ô vous! qui ne savez ni lire ni écrire, vous, qui n'avez jamais éprouvé l'ennui des premières études, vous qui ignorez si les tragédies *de Molière sont préférables aux* opéra comiques *de Crébillon; vous, enfin, qui refusez des applaudissemens au* Misanthrope *pour les prodiguer à* madame Angot, PARVENUS, *nous vous dédions cet ouvrage; agréez ce tribut de notre estime et de notre reconnaissance; faites-le lire par votre secrétaire; tâchez de l'apprendre* *par cœur....... pâr cœur ?....: non, non, nous en connaissons toute l'*impossibilité : *contentez-vous seulement d'en retenir quelques passages, que vous citerez à propos, et l'on vous croira quelqu'esprit : On en suppose toujours à ceux qui veulent juger les autres. On fait très-bien de leur en supposer ; car le plus souvent ils n'en ont pas et nous en sommes la preuve la plus incontestable.*

Salut et parfaite considération,

Vos très-humbles et très-soumis admirateurs,

P.... t, V.... s, M..... , F ..... e; L..... y, D..... l

PETITES VÉRITÉS AU GRAND JOUR.

OPÉRA.

JE ne me permettrai pas de parler des acteurs de l'Opéra, ni même d'*Hecube ;* je sais ce qu'il en coûte pour dire sa façon de penser sur une mauvaise pièce. Mr. Devismes m'ôterait mes entrées, comme il vient de le faire à un journaliste, qui, ayant l'habitude d'appeler chaque chose par son nom, appelait Hécube un *mauvais opéra ;* en dépit de l'*éternel* éloge qu'a bien voulu en faire M. Joseph Lavallée dans le *Journal des Arts*. *Armant*, chargé de la partie des spectacles de ce journal, a mieux aimé se taire que d'en faire la critique. Le silence qu'*Armant* a gardé, est aussi ridicule que l'éloge de *Lavallée* est déplacé.

MADRIGAL

Sur Hécube.

Que dites vous *d'Hécube*, et de son incendie ?
— Chut, ami, pour la tragédie.....
— Mais ce sac d'Illion ! — admirable, morbleu !
Seulement pour la salle un danger fort à craindre,
C'est le feu. — Comment donc le feu ?
Le poëme est-là pour l'éteindre.

P..... t.

THÉATRE FRANÇAIS.

DAZINCOURT est souvent bon acteur, mais pas toujours. Il a une prétention, une afféterie insupportable. Je ne sais pourquoi il cherche à changer sa voix; ses gestes sont toujours les mêmes; vous lui verrez toujours une main sur son ventre.

Dugazon, dans une *tragédie*, représentée sous le titre de RÉVOLUTION, a voulu jouer le rôle d'un grand personnage; il a obtenu quelques succès, mais qui n'ont pas été de longue durée : l'on a fini par le siffler. Il y a beaucoup de rôles où il est très-bon; mais généralement son comique appartient plutôt aux tréteaux des boulevards qu'à la scène française.

Molé : Voilà un véritable acteur!!

Baptiste, aîné : Voilà encore un *grand* acteur.

Calembourg à part, il a réellement du talent, il est beau dans *le Glorieux*, agréable dans *le Lovelace*, effroyable dans *Marius à Minturnes*, froid dans *Pinto* ; mais ce n'est pas sa faute....

Champville : C'est le neveu de Préville. Son oncle paraît l'avoir déshérité.

Monvel : C'est un flambeau qui s'éteint, mais qui, avant de mourir, jette encore de vives étincelles.

Fleuri : Il peut seul nous consoler de l'absence de Molé. C'est faire leur éloge à tous deux.

Florence : C'est un bon enfant ; en ce cas, n'en parlons pas comme acteur.

Dupont : Il a des petits rôles qui lui valent de petits applaudissemens.

Saint-Phal : Beaucoup de noblesse, un jeu sûr ; mais un peu trop d'âpreté dans sa diction.

Michot : Beaucoup de naturel. Je pourrais lui rappeller *certains rôles* dans lesquels il n'a pas toujours fait plaisir... ; mais chut, il ne les joue plus.

Talma : Les passions les plus fortement exprimées sont celles où il déploye avec plus d'avantage toute l'étendue de ses moyens. Les rôles tendres ne lui conviennent nullement. On ne peut pas rendre mieux que lui la férocité de Néron (1). Son défaut le plus habituel est de crier ; mais on ne peut, sans injustice, lui refuser un grand talent, et la preuve, c'est qu'il a fait supporter *Pinto* pendant plusieurs représentations.

Grandmenil : Excellent comédien.

---

(1) Voyez-le dans Epicharis.

Ses gestes sont quelquefois un peu trop marqués : nous passerons légèrement sur ce défaut, car en cela il se rapproche souvent de la nature.

Armand me rappelle ces jolis vers de Despaze :

. . . .

. . . .

Tous ces enfans, ravis à leur humble village,
Et qui, grace à Doyen, bercés d'un fol espoir,
Dans l'un de nos faubourgs, s'agitent chaque soir;
Ridicules marmots, dont les langues ineptes,
Semblent du Rudiment bégayer les préceptes.

En effet, ces vers semblent faits exprès pour lui, et le portrait est trop frappant pour que je me permette d'y ajouter quelque chose.

Vanhove : Il a des rôles à lui, mais en petit nombre.

La Rochelle : Médiocre valet, mais excellent comique dans Mr. Desmazures, Mr. de Crac, etc.

Baptiste, cadet : Il saisit avec esprit toutes les carricatures.

Damas peut devenir un bon acteur ; ses progrès sont étonnans ; il a beaucoup de chaleur et de sensibilité : il devrait bien se corriger du défaut de renfoncer son col dans ses épaules.

Mlle. *Contat* : La seule crainte que nous avons, c'est de la perdre, car elle ne laisse après elle personne qui puisse la remplacer.

Mlle. *Mars*, cadette, a des dispositions ; mais elle est monotone : les progrès qu'elle fait sont très-peu sensibles. Elle est jolie, et on l'applaudit souvent.

Mlle. *Vanhove* : Belle dans *Iphigénie*, sensible dans madame *Michelin* (1), aimable et impatiente dans *Jules* (2), expressive dans *Théodore* (3), intéressante par-

(1) Le Lovelace.
(2) Les Précepteurs.
(3) Rôle du sourd et muet dans l'Abbé de l'Épée.

tout ; elle saisit avec intelligence tous les rôles qui lui sont confiés, et fait preuve d'un véritable talent. Le genre sensible est celui où elle excelle, et comme on l'a déjà dit : *Elle a des larmes dans la voix.*

Caumont, Bon vieillard, bon tuteur et bon père.

Mlle. *Raucourt* : Un peu au-dessous de sa réputation ; elle a des rôles qu'elle joue dans la perfection ; *Phèdre*, par exemple, est un de ceux où elle ne laisse rien à désirer ; mais souvent elle crie et ses accens sont rarement ceux de la nature.

Mlle. *Hopkins* : Je ne lui connais aucune qualité pour être actrice.

Mlle. *Devienne* : La friponne ! Si elle avait laissé quelque chose à désirer dans son emploi, la manière dont elle a saisi le rôle de Lucrèce, des *Précepteurs*, mettrait le sceau à sa réputation. Elle nous fait oublier la perte de *Joly* : quel plus grand éloge pourrais-je lui faire ?

Mlle. *Fleury* : Beaucoup de sensibilité.

Mme. *Vestris : Elle a été* bonne actrice.

Emilie Contat : Bonne dans Théodore *des Deux-Pages;* mais assez médiocre dans ses rôles de soubrette.

Mlle. *Mezeray* joue très-bien les coquettes ; elle est moins bien dans les rôles de sentimens : elle ne joue pas *Paméla* comme Mlle. Lange. Un défaut que je lui reprocherai, c'est de ne pas toujours être en scène, par exemple, dans l'Abbé de l'Épée; au lieu d'écouter avec intérêt le récit de ce vénérable pasteur, ses regards se portent dans la salle. Peut-être m'objectera-t-elle que ce récit est trop long ; j'en conviens ; mais le double intérêt que sait y mettre Monvel, l'abrège de beaucoup et le rend toujours nouveau. Au surplus, j'ai tort de reprocher à la jolie Mezeray de tourner ses beaux yeux vers les spectateurs ; ne suis-je pas assez heureux de pouvoir les rencontrer quelquefois ?

Mmes. *Lachassaigne* et *Suin* : Je respecte leur âge.

Mlle. *Mars*, aînée : Belle femme, bien faite, s'habillant avec élégance, très-bien dans le *cercle*..... quand elle ne dit mot.

Dublin : Il a beaucoup de *rondeur*.

Mlle. *Desbrosse* : Inutile au théâtre Français.

Mlle. *Thenard* : Elle adopte certains rôles ; malheur à ceux qu'elle n'a pas adopté.

Després, *Duval*, *Lacave*, *Bellemont* voudraient pouvoir répondre à l'attente du public ; mais à l'impossible nul n'est tenu : en conséquence, le public leur fait grace, et ce *quatuor* se console des applaudissemens que les amateurs leur refusent, par les nombreux éloges que veut bien leur accorder le citoyen *Lepan*, qui n'est pas amateur.

Lafond : Nous saisissons avec avidité l'occasion de parler de ce jeune et intéressant acteur, pour être à même de rendre au citoyen *Dugazon* l'hommage qui lui est dû. Si nous avons critiqué avec sévérité, avec dureté même le *bas comique* du citoyen Dugazon, nous avons cru devoir le faire ; mais notre impartialité nous fait un devoir d'applaudir aux bons conseils et aux excellentes leçons qu'il a donnés à son élève. C'est bien là le cas de mettre dans la bouche du citoyen Dugazon : *Faites ce que je vous dis, mais ne faites pas ce que je fais.*

Nous avions jusqu'à présent applaudi aux premières preuves de talent qu'avait donné le citoyen Lafond, nous l'attendions avec impatience dans le beau, mais difficile rôle d'*Orosmane* ; nous l'avons vu et nous partageons avec plaisir, entre lui et le citoyen Dugazon, le tribut de nos nombreux éloges.

Nous ne sommes cependant pas de ceux qui veulent le comparer à *Lekain*; nous n'ajoutons pas cette sottise-là à celles dont nous sommes capables, nous la laissons à certainsjour nalist es.

V.... s.

THÉATRE FAVART.

CHENARD : Assez bon acteur, mais trop grimacier.

Solier joue bien la comédie; sa voix s'use.

Elleviou : Le joli fat. Il est généralement aimé, sur-tout des femmes (il est bien fait); sa voix est agréable, son jeu n'est pas toujours naturel; il craint de faire tort à son physique, en observant trop la régularité des costumes, et quand *il sort de prison*, on le voit aussi *élégant* que s'il allait à la parade.

Saint-Aubin : On ne sait pas encore quels sont les rôles qui lui conviennent; mais ce que l'on sait fort bien, c'est qu'il ne convient nullement à ses rôles.

Dozainville : Excellente carricature.

Martin a beaucoup *de voix pour lui ;* mais il a tort de vouloir faire des roulades : notre langue ne s'y prête pas du tout.

Gavaudan a fait preuve de talent dans *le Délire.*

Moreau : Bon valet, bon comique, et chante assez bien. Il acquiert tous les jours.

Bertin a des dispositions pour devenir bon acteur. Il joue avec beaucoup d'intelligence le rôle d'André dans *l'Epreuve Villageoise.* Nous n'avons plus de ces jolies petites pièces-là. Je tremble qu'un moderne *Tapagimini* ne veuille en *défaire* (1) la musique.

---

(1) *Défaire* est ici synonime de refaire. On sait que l'on a défait l'ancienne, mais jolie musique d'*Annette et Lubin.*

Mme. *Saint-Aubin* :

Comment trouvez-vous Saint-Aubin ?
—Lequel ? Eh ! mais lequel, je parle de la femme.
—Je l'adore. Quel jeu spirituel et fin !
Que de candeur ! quelle gaîté ! quelle ame !
Sous les traits de *Lisbeth*, sous les traits *d'Elisca*
Et de *Rosine* et de *Clara* ;
Elle est bien bonne mère, épouse bien fidelle,
Femme aimable... — Ah ! mon cher, ce n'est rien que cela,
Quand on voit l'ACTRICE CHEZ ELLE.

Mme. *Gonthier* : La bonne vieille femme.

Melle. *Bouvier* : Petite taille, petite figure, petit pied, petite voix, petit talent.

Mme. *Dugazon* : *La pauvre femme* a attiré bien du monde à ce théâtre.

Philippe : On ne peut pas être et avoir été.

Andrieux : Ce jeune acteur a déjà montré dans plusieurs rôles le germe du talent ; mais trop d'afféterie, trop de mignardise ; il est si près d'Elleviou.

Paulin : Quand j'ai dit plus haut qu'on n'était pas plus mauvais que le citoyen Saint-Aubin, je ne me rappelais pas la pesanteur et la monotonie du citoyen Paulin.

Mlle. *Carline* : Sa voix n'est pas agréable ; mais qu'elle rachète bien ce défaut par la finesse qu'elle met dans tous ses rôles. Je ne connais pas d'actrice qui joue avec plus de naturel et d'abandon, et qui puisse saisir avec autant d'intelligence une infinité de rôles, si opposés les uns aux autres.

Mme. *Crétu* : Bonne actrice et généralement aimée du public.

Mlle. *Philis* a les plus grandes dispositions ; il ne fallait pas moins que son jeu dans le rôle d'*Annette* pour nous dédommager en quelque sorte de la perte que nous avons faite de l'ancienne musique d'un fort joli opéra de Favart. Les murmures et le mécontentement généralement feront bientôt remettre l'opéra d'*Annette et Lubin* tel qu'il était. Alors Mr. Tapagimini pourra gâter nos ouvrages nouveaux, si cela lui fait plaisir ; mais désormais qu'il respecte nos petits chefs-d'œuvre.

M.....

THÉATRE FEYDEAU.

JULIET : C'est le meilleur acteur de ce théâtre. Il joint à un grand fond de sensibilité, une gaîté aimable ; beaucoup de naturel et d'abandon ; sa voix est médiocre, mais son jeu est parfait.

Mme. *Scio* a le rare avantage d'unir un jeu sûr et savant, à la voix la plus douce, la plus pure, la plus sonore et la plus harmonieuse.

Gavaux : Il joue tous les rôles qui se présentent ; il n'est sublime dans aucun, et le plus souvent il y est médiocre.

Lesage est assez comique ; le cousin Jacques lui doit une partie de ses succès.

Prévost : Une voix agréable, un jeu fin et spirituel, une habitude de la scène, un à-plomb, une contenance aisée, un débit facile; voilà à-peu-près ce qui lui manque pour être un bon acteur.

Résicourt a tout ce qui manque à Prévost.

Mlle. *Lesage* ne remplace pas encore madame Scio, mais elle console quelquefois de son absence.

Mlle. *Rosine :* C'est une de nos meilleures cantatrices, mais il ne faut pas la voir en scène.

Valière : Sa voix n'a rien d'agréable, et son jeu est pire que sa voix, à cela près, bon acteur.

Dessaule : C'est un de ces acteurs qui ne se font, ni applaudir, ni siffler.

Jausserand : Bon amoureux; il a quelques habitudes de la scène, il joue avec feu, mais il peut devenir meilleur.

Lebrun : Acteur assez médiocre, faible compositeur, bon enfant, c'est toujours quelque chose.

Fay : Petit acteur comme on n'en voit que trop.

Dérubelle : Idem.

Mlle. *Rolandeau :* Belle voix, beaucoup de jeu.

Mme. *Verteuil :* Excellente comédienne ; on ne joue pas avec plus de naturel, mais hâtons-nous de la voir....

Mlle. *Desbrosses :* N'en disons rien, c'est une femme ; soyons indulgens par galanterie.

Mlle. *Desmarres :* Portrait sous le même numéro.

Mlle. *Rosette Gavaudan :* Elle est très-bien à la ville.

F.... e.

THÉATRE DU VAUDEVILLE.

VERTPRÉ, c'est le Garrick du Vaudeville ; il y prend tous les masques avec une vérité étonnante ; il n'a pas une belle voix, mais il sent bien tous les rôles, et les joue comme il les sent.

Carpentier : Bon valet, bon jardinier, bon gascon, excellent gilles ; quant à sa voix, elle n'a rien de bien agréable. Le rôle de Scaron a fait sa réputation, qu'il n'a pas démenti depuis.

Julien a été mauvais acteur assez long-temps, sa voix le desservait beaucoup ; mais depuis l'absence de *Henri*, il a été forcé de prendre les premiers rôles, dont il s'est fort bien acquitté. Il a un talent particulier pour *singer* nos élégants.

Henry : Joli acteur, jolie tournure, jolie voix, mais bien faible; comment ne pas plaire avec tout cela? cependant je le trouve ou pour mieux dire, le public le trouve trop *maniéré*. Ses gestes sont à peu-près les mêmes: il a néanmoins du talent, et c'est un des meilleurs amoureux de nos théâtres.

Lenoble : C'est encore un des meilleurs acteurs du Vaudeville; il saisit parfaitement bien le caractère de tous les rôles qui lui sont confiés; il est très-rigoureux sur le costume qui lui convient pour tel ou tel rôle. Il a une prononciation gênée; mais il fait disparaître cette difficulté par un jeu rempli de naturel.

Chapelle : Souvent bon, quelquefois détestable; il a aussi le talent des carricatures. Quant à sa voix, je suis très-embarrasssé d'en parler; car je trouve qu'il n'en a pas, ou pour trancher le mot je lui en trouve une très-mauvaise. Il est rare qu'il sache son rôle.

Ducheaume est un peu trop grand pour le petit théâtre du Vaudeville ; mais ce n'est pas sa faute. Sa voix est pure et sonore , son jeu a quelquefois du naturel , mais rarement ; il veut mettre des *petites finesses* qui sont très-déplacées dans les rôles de paysans , dont il est généralement chargé. Je lui reprocherai aussi un peu de monotonie. Qu'il soit *Piron* , *Mathurin ou Rabelais* , sa figure , sa voix , ses gestes et son jeu sont les mêmes. Il a néamoins de la gaîté.

Hypolite : Assez bon acteur , un physique avantageux , une voix passable ; il est aimé. Nous voudrions lui voir jouer quelques premiers rôles, avant de le juger ; nous sommes persuadés d'avance qu'il s'en acquittera bien.

Laporte n'a pas beaucoup de voix ; mais il chante avec goût, donne aux moindres couplets la plus vive expression. Piis doit en partie à ce jeune acteur le succès de *Santeuil et Dominique*. Il est à regretter pour le public, que le citoyen Laporte n'ait pas plus souvent occasion de déployer le talent qu'il a acquis dans le genre des arlequins.

Armant : Beau mannequin.

Caron : Il a saisi avec un véritable talent le rôle du Cabaleur dans *la Petite Métromanie*. Il a trois mots à dire.

Mlle. *Sara Lescaut* : Bonne comédienne, elle joue avec une intelligence peu commune.

Avec un art charmant, oui tu te décomposes
Pour plaire au public chaque jour ;
Mais lui de son côté te paye de retour,
Et t'aplaudit dans tes *métamorphoses*.

Mme. *Duchęaume* : Bonne nourrice

rice ; elle joue parfaitement bien les antiques.

Mme. *Henry* : Ses beaux grands yeux, plus que son grand talent, ont déjà captivé les suffrages d'une infinité d'amateurs du Vaudeville ; mais cela ne sera pas de longue durée. Avec les dispositions qu'elle paraît avoir, il lui sera facile de captiver ces mêmes suffrages pour longtemps. Elle a un maintien décent ; elle joue parfaitement bien les rôles ingénus, et l'emploi des jeunes premières lui convient d'autant plus, qu'elle est jeune, jolie et assez bien faite. Elle est un peu maigre, à la vérité, mais on gagne *souvent* de l'embonpoint au théâtre : sa voix n'est pas sans agrémens.

A propos d'embonpoint, je ne puis me dispenser de parler ici de madame Blosseville. L'injurieux Grimod de la Reynière a dit méchamment, en parlant de cette actrice : « *Qu'elle ne fesait vrai-* » *ment illusion que dans les rôles* » *de cuisinière* ». J'aurais mieux aimé qu'il eût substitué au mot *cuisiniére*, le mot *nourrice*, cela eût été plus *naturel* ; mais le naturel n'est pas le genre du citoyen Grimod de la Reynière. Revenons à madame Blosseville, car aussi bien, j'ai quelque plaisir à revenir auprès d'elle, quoiqu'en disent certains amateurs, qui ne me rappellent que trop la fable du renard et des raisins.

Sur ces globes *fameux* que cette gaze enchaine,
A tort, messieurs, je vous entends gloser,
Vos discours changeraient, si votre main, sans peine,
Comme votre œil pouvait s'y reposer.

Au reste, elle est assez bonne actrice. Elle joue avec finesse les rôles de soubrette et de coquette ; on a du plaisir à l'entendre chanter.

Rosières joue très-bien le vaudeville ; on n'est pas plus vrai que lui dans le rôle du bailli des *Vendangeurs.*

AIR : *Aussitôt que la lumière.*

C'est à l'ombre de la treille
Qu'il acquit tout son talent,
Et le dieu de la bouteille
Protégea son cher enfant.
On aime sa rouge trogne ;
Son jeu dissipe l'ennui,
Et dans un rôle d'ivrogne,
Rosière est *comme chez lui.*

Mlle. *Aubert* : C'est une actrice dont le talent est assez médiocre, pour ne pas dire plus.

Mlle. *Fleury* : Il y a sept ou huit ans qu'elle joue au Vaudeville ; on ne s'en douterait pas à ses progrès.

Bodin : Elle fait le plus grand plaisir au public.... quand elle ne joue pas.

Fichet : Tels petits rôles qu'on lui donne, ils sont toujours au-dessus de ses forces. Sa voix, son jeu, son physique et le public, il a tout contre lui ; mais il sait faire tête à l'orage, et c'est au point qu'il est plus étonné d'un léger applaudissement que des nombreux sifflets.

M....

Théatre des Troubadours.

Léger : Si le citoyen *Bourgeois* n'était point à ce théâtre, Léger pourrait se vanter d'être le plus détestable acteur de sa troupe.

Air : *Je suis sur le pont d'Avignon:*

Léger, par de nombreux billets,
Amortit les coups de sifflets.

Bellement : C'est lui qu'on a choisi pour remplacer Tiercelin. La place est encore vacante.

Saint-Légé : C'est un des plus lourds acteurs que je connaisse. Il plaît cependant quelquefois.

Bourgeois, dit *Delpech :* Il n'a pas un rôle où il n'ait été sifflé ; que dis-je? je me trompe, et c'est une justice que mon impartialité me force de lui rendre ; il n'a pas été sifflé dans les rôles qui sont encore en répétition.

Fréderic : C'est une des colonnes

du théâtre des Troubadours ; il a donc beaucoup de talent ? non, à dire vrai, mais beaucoup de zèle ; il s'efforce, il s'étudie, il joue bien quelquefois ; sa voix est assez agréable ; il est modeste ; il plaît, il saisit bien les caractères de nos jeunes foux.

Huet : Acteur des Boulevards, c'est tout dire ; mais comme il est entouré des *Leger*, des *Delpech*, des *Bellement*, nous ne doutons pas qu'il fasse bientôt de rapides progrès.

Gavaudan : Bonne acquisition pour les Troubadours. Le bon comique n'est pas tout-à-fait son genre, mais il réussit dans le comique trivial, on peut en juger dans le rôle de *Fragile*, dans Rancune, parodie d'*Hécube*, triste et pitoyable opéra, que l'éloge de Lavallée ne pourra faire réussir bien long-temps. Au surplus, Gavaudan a de l'aisance, il chante bien, et je ne doute pas que dans des rôles plus heureux il ne donne encore une meilleure preuve de son talent.

Mlle. *Delaporte* : Elle a une très-grande bouche, et cependant ne prononce pas distinctement; on entend rarement ce qu'elle dit ou ce qu'elle chante (1); elle paraît avoir l'habitude de la scène, elle a saisi plusieurs rôles avec esprit et intelligence.

Mlle. *Delille* : Voilà *la petite Contat* des Troubadours, elle *soutiendrait* seule tout ce théâtre. Les deux sexes lui sont assez *familiers*. Les *paysannes*, les *poissardes*, les *ingénues*,

---

(1) C'est, m'a-t-on dit, pour rendre service à certains auteurs : je l'en félicite d'autant plus que cela fait quelquefois grand plaisir au public.

les *parodies*, voilà les rôles dans lesquels elle se fait souvent applaudir ; elle met beaucoup d'aisance et de finesse dans les rôles d'homme, mais je me permettrai de lui chanter ce couplet :

Air : *De la clef forée.*

Nature pour charmer nos yeux,
Se plut à former ton visage ;
Elle fit pour toi tout au mieux ;
Pourquoi déranger son ouvrage !
Ton sexe charmant te sied bien,
Il te valut souvent la pomme.
En femme il ne te manque rien,
Il te manque tout pour être homme.

Mlle. *Jenny* : S'il suffisait d'être fort jolie pour entraîner tous les suffrages du public, la pétite Jenny pourrait jouir de ce précieux avantage ; mais ce qui fait le charme d'un lieu n'est quelquefois qu'accessoire dans tel autre, aussi :

Air : *La comédie est un miroir.*

Ces beaux yeux *à la Mezeray*,
Cette bouche fraîche et vermeille,

Ce joli pied, ce bras bien fait;
En scène ne font pas merveille;
Le *connaisseur* dit chaque soir,
Avec une secrette envie :
Ce joli meuble de boudoir;
Vénus le réclame à Thalie.

Et moi aussi je suis de l'avis du connaisseur.

Mlle. *Auger :* Petite brune assez piquante, ayant beaucoup de jeu dans la physionomie. La scène, comme à beaucoup d'autres actrices, lui est très-avantageuse; je lui ai vu jouer assez bien le rôle de *Nicette* dans la *Chercheuse d'Esprit*, de Favart; ce rôle en vaut bien un autre, et la pièce, beaucoup d'autres du même théâtre; car en fait de pièces et d'acteurs, l'administration des Troubadours n'est pas difficile.

Mme. *Remy :* Bonne dans les *commères*. Il serait difficile de trouver, même aux Troubadours, une voix plus désagréable que la sienne.

L.... y.

THÉATRE MONTENSIER.

BRUNET : C'est l'acteur le plus bête que je connaisse (1).

Amiel : On n'a pas plus de prétention et moins de talent.

Cézar chante encore agréablement, un peu maniéré, mais voilà tout.

Volange, les *Pointu*, les *Barogo* ont fait sa réputation, ils la soutiennent encore, c'est le second tome de Rosières ; il est beau dans le vin, et l'on peut dire encore :

> L'aspect de sa rouge trogne
> Vient dissiper notre ennui,
> Et dans un rôle d'ivrogne,
> Volange est *comme chez lui.*

Bonioli : C'est un grand diable d'acteur qu'on ne siffle pas, et qu'on applaudit encore moins.

---

(1) C'est-à-dire dans ses rôles.

Dubois : Bon acteur pour le théâtre Montensier. C'est encore beaucoup d'être bien pour son emploi, combien de gens n'en pourraient pas dire autant!.....

Tiercelin : Les Troubadours ont fait une grande perte en perdant cet acteur. Il joue l'Auvergnat avec une grande vérité, il a donné un peu de réputation à la pièce de *Vadé à la Grenouillère*, (elle en avait grand besoin). Il joue le savetier dans *Deux et Deux font Quatre*, de la manière la plus originale ; sa figure se prête facilement à tous les masques qu'il veut lui donner.

Foignet fils : Il chante un peu, joue passablement, plaît au public; c'est beaucoup.

Mlle. *Caroline :* On n'a pas moins de tournure qu'elle, mais on n'a pas la voix plus fraîche, plus flexible, plus douce, ni plus agréable ; c'est un trésor pour Montensier.

Mengozzi : Meilleure tournure, plus de jeu, mais beaucoup moins de voix que Caroline. On peut cependant en avoir moins que Caroline, et l'avoir encore très-agréable : tel est celle de mademoiselle Mengozzi, qui joint à cela une figure aimable.

Mme. *Barroyer* : Elle a du talent, assez même pour faire oublier sa figure ; elle joue avec beaucoup de naturel les rôles de paysannes et de poissardes.

Crétu : Nous voudrions le voir jouer plus souvent.

Mme. *Dumas* :

Par un son de voix enchanteur,
Par un jeu plein d'esprit, cette actrice sait plaire ;
Mais pour séduire encore le spectateur,
Elle aime à lui montrer souvent son *savoir faire.*

Messieurs les amateurs de mots à double entente, ne donnez point carrière à votre esprit malin, *le savoir faire* dont je veux parler est un joli opéra, ou du moins qui paraît tel, par le jeu aimable de mesdames Dumas et Mengozzi.

Thomassin : Bonne poissarde ; elle a donné une grande réputation aux *Jocrisse*, aux *Cadet Roussel* ; le Cen. Aude la préfère à Mlle. Contat.

D.... l.

Bons Littérateurs et Auteurs dramatiques.

Ducis : C'est un de nos meilleurs auteurs tragiques.

Lacépède : Son style est à la fois pur, correct, savant et gracieux ; combien y a-t-il d'écrivains de qui l'on puisse en dire autant ?

Colin d'Harleville : Le *Vieux Célibataire* le met à côté de Molière ; quelle place ! il n'y sera pas foulé, si cela continue.

La Harpe : Ce vieux, mais bon littérateur, se fait encore applaudir.

Picard : Ce jeune auteur a déjà donné plusieurs preuves de talent pour le genre comique.

> Par son esprit, par sa gaîté,
> Mons *Picard* amuse la France,
> Et pour aller plutôt à la postérité,
> Le drôle a pris la *diligence* (1).

(1) De Joigny. Il est impossible qu'elle fasse la route, mais en tous cas, il n'est pas homme à rester en *chemin*.

D'Arnaud: Il a eu quelques succès.

Legouvé peut aussi obtenir une place distinguée parmi les bons auteurs tragiques. Nous avons de lui quelques tragédies auxquelles on reviendra avec plaisir quand on sera dégoûté des *Pinto*, des *Montmorency*, ce qui ne sera pas long.

M...

AUTEURS ET ÉCRIVAINS MÉDIOCRES.

LE MERCIER : Ce jeune homme avait annoncé de grandes dispositions, mais hélas !

Sur son *Agamemnon* chacun cria haro !...... (1)
On bailla près d'*Ophis*, on siffle encor *Pinto*.

Il y a néanmoins du très-bon dans Agamemnon et dans Ophis.

Chénier : C'est le poëte de la nation ; quel titre ! quel honneur !

Chénier, dont le talent enlaidit Fénélon.

Les couleurs des plus noires ont été mille fois employées pour peindre ce grand génie ; je me contenterai donc de lui dire :

Allons, Chénier, reprends ta lyre,
Au peuple *consolé* ne dictes plus tes lois ;
A ces lois il fallait se soumettre autrefois :
Mais personne du moins n'est contraint de te lire.

---

(1) Eschyle, Senèque, Thomphon, Alfieri, lui ont fourni les meilleurs traits et les principaux rôles de cette tragédie, et si ces morts illustres revenaient au monde, on les entendrait crier *au voleur*.

Joseph Lavallée : Il a une ancienne tragédie qu'il ne peut parvenir à faire jouer au théâtre Français. De-là , sa grande colère contre les acteurs qui ont encore un peu de goût. C'est lui qui fesait les *Semaines Critiques*, très-bon journal, plein d'esprit , estimé de tous les honnêtes gens, jusqu'au moment où l'auteur a *célébré la journée du* 18 *fructidor.* (1) Il vient d'obtenir la rédaction du journal des *Défenseurs de la Patrie,* très-médiocre journal, fort peu estimé , et pourtant celui qui devrait l'être le plus, puisqu'il parle de nos braves guerriers ; mais il ne dit que ce qu'on veut bien lui faire dire. Joseph Lavallée travaille encore au *Journal*

---

(1) Je le renvoie à la lecture de la *déportation et naufrage de J. J. Aymé , suivis du tableau de vie et de mort des déportés* , par suite de cette exécrable journée , à laquelle tout être sensible ne peut penser *sans frémir d'horreur* ; qu'il voye d'après cela si on pouvait en faire l'éloge.

des Arts. Comme l'envie d'être membre de l'Institut le tourmente jour et nuit, il veut se faire un parti et devient l'apologiste de tout le monde. Parcourez le *Journal des Arts*, vous verrez par lui :

L'éloge de *Say* (1), l'éloge de *Lacépède*, l'éloge de *François* (*de Neufchâteau*), l'éloge de *Chaussard*, l'éloge de *Jauffret*, l'éloge de *Milcent* (2), l'éloge de *Fontenelle* (3), l'éloge de *Mercier*, (de Compiègne), l'éloge de *Pougens* (4).

Vigée : c'est le premier de nos plus froids vérsificateurs. Lisez pour vous en convaincre son poëme sur *l'Intérêt* (qui n'en offre aucun) : lisez ses *visites* (que chacun veut lui rendre) ; lisez sa *journée* (qui paraît un siècle); lisez ses articles

---

(1) Auteur d'Olbie.
(2) Auteur des paroles d'Hécube.
(3) Auteur de la musique du même opéra.
(4) Ch. Pougens, un *des aveugles* de l'Institut.

du Courrier des Spectacles (qui n'iront pas loin); mais que dis-je ? mieux vaudrait vous engloutir sous neiges et les glaçons qui couvrent le mont Saint-Bernard que de vous livrer à la lecture de tous ces froids ouvrages, vous n'en releveriez pas.

Pigault Lebrun : Les Boutiques de nos libraires fléchissent sous le poids de ses nombreux romans. Il serait à désirer que tous les romans ne fussent pas plus mauvais que les siens ; mais plus à désirer encore qu'ils fussent meilleurs.

François (de Neufchâteau), auteur d'assez médiocres ouvrages ; je dis médiocres par égard pour l'homme d'Etat. Il vient de donner le pitoyable poëme des *Vosges*. Dans la traduction du premier chant de VALERIUS FLACCUS, cherchant à surpasser le poëte latin, il rend le simple nom de NEPTUNE, par *le roi de l'eau salée.* Tout cela n'empêche pas Joseph Lavallée de faire l'éloge de ce *brillant* vérsificateur.

Grimod de la Renière rédigeait autrefois *le Censeur dramatique.* Ce journal était assez bon, aux grossièretés près, que le rédacteur adressait indistinctement aux acteurs et actrices ; aussi leur doit-il en quelque sorte la suppression de son journal.

Bouilly : On n'entasse pas *invraisemblances sur invraisemblances* avec autant de facilité que cet auteur ; on n'a pas un style plus *simple* que le sien ; mais on n'a pas comme lui le secret d'intéresser au théâtre, et d'y faire répandre des larmes. J'ai vu même des personnes pleurer en lisant sur l'affiche : aujourd'hui *l'Abbé de l'Epée......*

Hoffmann : Il a fait *beaucoup* d'opéra qui lui ont valu *quelques* succès. D.... l.

AUTEURS AU-DESSOUS DU MÉDIOCRE.

MERCIER : Quand je dirais que Mercier est un fou, je ne dirais rien de nouveau ; quand je dirais qu'il dément le lendemain ce qu'il a écrit la veille, tout le monde le sait ; quand je dirais qu'il est le plastron de tous nos mauvais plaisans, personne ne me contrariera ; quand je dirais qu'il est resté court à la tribune de l'Institut, on n'en n'a que trop ri ; quand je dirais que Mercier n'a pas craint de dire et de faire imprimer que *l'architecture est un art destructeur*, vous ne me croirez pas ; eh bien, cela est pourtant vrai. Avouez qu'il faut être membre du *Portique* pour dire une pareille sottise, qui n'aurait pas sorti de la bouche d'un frère Ignorantin. Ainsi donc, n'ayant rien à vous dire de bon de ce risible personnage ; je garderai un profond silence.

Ducrai Duminil : Il est rédacteur de la partie littéraire des Petites Affiches ; c'est donner une idée peu avantageuse de son petit mérite. Je pourrais le désigner plus défavorablement encore en disant qu'il est l'auteur de certains romans ! ! ! ! ! mais ,

Des morts ne troublons point la cendre.

Duval : Il a fait quelques pièces qui n'ont eu que de médiocres succès ; nous lui devons cependant *le Prisonnier.*

Lachabeaussière : Si le journal des *Dames* n'existait pas , je ne connaîtrais pas de journal plus insipide que celui qui a pour titre *Le Mois* , rédigé par ce soi-disant littérateur.

Say , auteur d'*Olbie* ; c'est la

meilleure épigramme que je puisse lancer contre lui.

Mérard-Saint-Just : Il y a long-temps qu'il fait de mauvais vers. Lisez sa traduction d'Anacréon, et vous ne me démentirez pas. La preuve qu'il est un de nos mauvais écrivains, c'est qu'il n'y a que le *Journal des Rapsodies* qui ait eu la *force* d'insérer ses poésies fugitives.... Très-fugitives heureusement.

Garat: Bavard méthaphysicien, orateur ennuyeux, journaliste soporatif, politique sans caractère, changeant d'opinion autant que l'exigent les circonstances, s'élevant fortement contre une faction quand elle est renversée. Ces sublimes qualités lui ont valu une place à l'institut.

Dorvo : Il a fait l'*Envieux*, qui

n'a point eu de succès, malgré quelques bons vers.

Petitot.

Quel est ce Petitot ? Nous lui devons *Geta*,
Drame sifflé, qu'au feu l'auteur même jeta.

Ximenès : Je ne sais pourquoi il a la modestie de se dire le *doyen des poëtes tragiques*. Il ne nous reste de lui aucune bonne tragédie : il ferait beaucoup mieux de s'appeler le *doyen des fous*.

Le Cousin Jacques : Par malheur pour *Lepan* et pour ses abonnés, il travailla long-temps au *Courrier des Spectacles*. Il prétendait être très-original dans les nombreux et ennuyeux articles qu'il insérait dans ce journal ; mais il n'était que ridicule : son nom a fait le plus grand tort à ce journal, c'était bien assez de celui de *Lepan*.

Nous devons néanmoins à cet

auteur

auteur *le Club des Bonnes-Gens*, qui nous donne une idée moins désavantageuse de son esprit et la meilleure opinion de son caractère politique.

Jauffret : C'est un petit auteur, qui court après les petits éloges que veut bien lui donner le petit Lavallée dans le petit *Journal des Arts*, pour les petits ouvrages que lui inspira son petit génie pour les petits enfans.

Chaussard : Je ne sais ce qu'il a fait de bien ; je ne serais pas embarrassé s'il fallait indiquer ce qu'il a *fait de mal*.

Pougens : Nous avions cru jusqu'à présent qu'il était de rigueur de savoir parler et écrire purement et correctement la langue française pour être de l'Institut ; sottise de notre part : lisez, ou pour ne pas vous ennuyer, parcourez seulement *la Bibliothèque Française*, ouvrage de Ch. Pougens; vous trouverez *la mythologie des considérations ;* vous pourrez, si cela vous fait plaisir, vous *entourer de la religion*, vous y verrez que les Français, *jaloux de voir*, pour dire qu'ils désireraient voir, ce qui est absolument le contraire; vous y verrez.... et parbleu, vous y verrez toutes les fautes de langue et de style à l'usage d'une partie des membres de l'Institut.

Gohier : Comme ministre de la justice (sous Robespierre), on n'a pas à se plaindre de lui particulièrement ; c'était un *automate révolutionnaire.* Comme *directeur*, il fut assez nul; comme *poëte*, il a eu l'impudence de refaire le dernier acte de la *Mort de César.* O VOLTAIRE ! ! ! ! devais-tu t'attendre à un pareil outrage ?

Cournand : Sur son Achilleïde.

(C'est le journal d'Opposition qui parle.)

Après avoir prouvé que le premier chant de l'Achilleïde est au-dessous du médiocre, j'allais démontrer que notre littérature moderne n'offre rien d'aussi faible que le second, lorsqu'un ami de l'auteur est entré chez moi.

L'ami. Monsieur, je suis furieux. Vous traitez sans ménagement un professeur distingué, membre de plusieurs sociétés savantes, et digne de siéger à l'Institut national.

Moi. C'est parce qu'il est digne de siéger à l'Institut national, ou, ce qui revient au même, c'est parce qu'il a publié un ouvrage détestable, que j'ai cru devoir user de toute la sévérité que permet la critique, ou plutôt qu'elle commande.

L'ami. J'aime à croire du moins que vous admirerez avec moi les beautés du second chant de l'Achilleïde. — Soyez attentif.

Déjà la nef d'Ulysse, aux vents abandonnée,
Voguait sur cette mer de tant d'îles ornée.
Déjà Paros s'éloigne, et l'œil n'apperçoit plus
Lemnos qu'aime Vulcain, Naxos, chère à Bacchus,
Et Delos sur les flots projette son ombrage :
On y prie Apollon de ne pas démentir
Les faits dont son prophête a su *les* avertir.
Le Dieu qui *les* entend, pour *rassurer leur crainte*.:

Moi. Monsieur, voudriez-vous m'apprendre à quoi se rapportent ces deux *les* !

L'ami. Cela saute aux yeux; ils se rapportent à la particule *on*, qui commence la phrase.

Moi. Je vous avoue que vous n'avez point encore *rassuré ma crainte*, et je crois que le citoyen professeur ne parle pas français.

L'ami. Parler français ! parler français ! c'est fort aisé à dire ; l'essentiel est d'avoir des idées. Suivez-moi. Nos héros arrivent chez Nicomède. Ulysse prend la parole ; voilà, monsieur, voilà de la noblesse, ou je ne m'y connais pas.

Vous voyez devant vous le beau sang de Tydée ;
Pour moi, je suis Ulysse, Itaque est sous ma loi,
Vous, dont nous connaissons et l'honneur et la foi,
Nous venons, du secret couvrant notre voyage,
De l'odieuse Troie épier le rivage.

Moi. Permettez, monsieur, que je vous observe que ce vers

Vous, dont nous connaissons et l'honneur et la foi

est le commencement d'une phrase que l'auteur n'a pas jugé à-propos de finir ; car les vers suivans forment une nouvelle phrase, qui n'a aucun rapport avec le vers précédent.

L'ami. Parmi la chaleur de la composition, quand le génie est en ébullition, malheur à celui qui veut suivre les régles de la grammaire. Un bout de phrase oublié par hasard n'est point un défaut en poésie ; c'est un heureux désordre. Continuons. Nycomède fait dresser une table.

Quand de se retirer le moment est venu,
Et que de cette table , avec pompe servie ,
Le plaisir et la faim ont rempli leur envie.

Moi. Que signifient ces mots, *quand le plaisir et la faim ont rempli leur envie de cette table ?*

L'ami. J'avoue que cela n'est pas très-clair ; mais il ne faut pas condamner l'auteur sans l'entendre. Je passerai chez lui ; il me donnera le sens de ses vers, qui, je vous le répète, m'ont un peu choqué. Mais nous touchons à de nouvelles beautés. Ulysse peint la Grèce toute entière armée pour venger des *affronts de brigands.*

Achille ouvre l'oreille.

Stace se contente de dire :

Vigilique hœc ore bibentem.

Le traducteur embellit son modèle ; j'aime beaucoup mieux *Achille ouvre l'oreille.* Ulysse continue :

Femmes, filles et sœurs, voudraient suivre nos pas.

A ces mots,

Achille n'y tient plus....

Achille est au supplice.

Moi. Ah ! tout doux ; laissez-moi de grace respirer.

L'ami. Plaisantez-vous, citoyen ?

Moi. Ah ! que ce *n'y tient plus* est d'un goût admirable !
C'est à mon sentiment un endroit impayable.

L'ami. Je suis de votre avis, *n'y tient plus*

est heureux, mais si vous aimez l'élégance, il faut lire les vers suivans :

On se croise, on s'élance à pas précipités,
Comme on en use en Crète ou bien à Samothrace.

Comme ce dernier vers est imitatif ! avec quelle grâce il se cadence sur neuf monosyllabes qui se suivent ! Je ne finirais pas, monsieur, si je voulais parcourir toutes les beautés de ce second chant ; mais ce sont sur-tout la noblesse et la hardiesse des expressions qui caractérisent notre poëte : *Au temps jadis, les logis d'un roi, sortir malgré soi d'un silence forcé*, etc. Je finis, je suis fatigué d'admiration.

Moi. Et moi, je suis las de bâiller, et comme Achille, *je n'y tiens plus* et *je suis au supplice.* Monsieur, puisque vous êtes l'ami du citoyen Cournand, conseillez-lui de ne plus *sortir malgré lui d'un silence forcé* ; ou, s'il veut écrire, invitez-le à traiter avec plus de douceur ceux qui l'ont précédé dans la carrière. L'abbé de Marolles a des droits à la reconnaissance de tous les littérateurs, et j'aime autant sa prose, quoiqu'elle soit un peu *froide*, que les vers très-peu chauds du président de notre Portique.

AUTEURS COMME ON EN VOIT TANT.

BARRÉ : Les pièces qu'il a faites à lui seul n'ont jamais obtenu un grand succès; aussi travaille-t-il toujours de compagnie ; il a de l'esprit, et voit au premier coup-d'œil les défauts d'une pièce, mais il ne sait pas y remédier. Comme directeur du théâtre du Vaudeville, il s'est entouré d'une cotterie qui le rend inaccessible, pour une foule d'auteurs aimables ; mais voici le pire : Un auteur présente sa pièce ; on la reçoit ; on la lit ; on en prend le sujet ; on en choisit les meilleures scènes, les plus heureuses saillies, et puis on la rend à l'auteur avec toutes les politesses d'usage ; huit jours après la même pièce est annoncée sous un titre différent :

Le français né *malin* créa le Vaudeville.

Ségur, aîné : Il travaille seul ; il a tort.

Ségur, jeune : Jolis couplets.

Dupaty : De l'esprit jusques dans la moindre chose. Son dialogue est vif et très-agréable ; l'*Opéra comi-*

que et *Arlequin tout seul* prouvent ce que j'avance.

Chazet : Il travaille bien fort pour *les Troubadours*, mais non pas fort bien. Je ne connais pas une pièce de lui seul qui ait obtenu un succès complet ; ses couplets n'offrent aucune idée, aucune pensée neuve ; mais en échange, ils fourmillent de jeux de mots, de calembourgs, d'équivoques et de pointes. Il a la prétention de vouloir faire de petites épîtres en vers ; par malheur pour lui, pour ses lecteurs et pour nous, elles ne sont jamais aussi petites qu'on le désirerait.

Léger a déjà eu le désagrément de voir tomber son théâtre, parce qu'il y donnait trop souvent de ses pièces ; il en a néanmoins quelques-unes que l'on revoit avec plaisir ; mais en général, Léger et Chazet ne doivent qu'aux circonstances tout le sel de leurs pièces et même de leurs couplets.

Barré, Deschamps, Léger, Desfontaines, Armand-Gouffé, Desprez, Chazet, Dupaty, Creuzé, Longchamps, Dieu-la-Foi, Pixerecourt, Georges Duval, Année, Joui, Gersin et compagnie. Il ne faut guères moins qu'une demi-douzaine de ces grands hommes pour faire un petit Vaudeville, qui, le plus souvent, n'a pas de succès, ou du moins s'il en a, faut-il encore qu'ils se distribuent leur part de gloire ; d'après cela jugez de ce qui revient à chacun. Eh bien, il n'est pas un de ces grands génies qui ne se croie un petit Molière...... O Molière ! tu étais seul pour composer tes chefs-d'œuvre immortels, et ces messieurs se réunissent quelquefois jusqu'à *douze* pour se faire siffler (1).

(1) Cela n'arrive pas toujours ; nous avons, par exemple, *monsieur Guillaume*, *Scarron*, *Com-*

Radet : Quand il est un des auteurs de quelque nouvelle pièce, il est rare qu'elle n'ait pas de succès. Seul il n'a pas toujours réussi ; mais cependant nous devons à lui seul la jolie comédie d'*Honorine*.

Phelipon de la Madelaine : Je ferai son éloge en peu mots. Il est un des auteurs de *Chaulieu à Fontenay*.

Bourgueil fait bien le couplet.

Saint Cyr :

Depuis six mois, Saint-Cyr, je ne t'ai vu.
— Je ne sors pas. — Du moins on peut écrire
A son ami deux mots à l'impromptu ;
Mais le pouvais-je étant dans le *Délire* (1) ?

Non, j'en conviens, et tout le monde conviendra que le citoyen Saint Cyr ne pouvait écrire.....

---

ment faire, *le Tableau des Sabines*, la *Revue de l'an six*, et quelques autres encore ; mais depuis *Scarron* seulement, combien de vaudevilles ont été sifflés, (ou méritaient de l'être), sur l'un ou l'autre théâtre.

(1) Petit opéra fantasmagorique, qui se joue aux Italiens ; on se plaît à dire que c'est *la même chose que Nina*, je dis au contraire, que *c'est bien différent*.

ECOLIERS.

DUSSAUSSOIR, auteurs d'une réponse aux satyriques, sous le titre de : *Bon soir, je vais dormir.* C'est tout justement ce que chacun dit en venant de la lire. Le pauvre Dussaussoir invite nos auteurs satyriques à respecter ses cheveux blancs; il devrait bien à son tour ménager nos paupières. Il a fait encore une épître *aux détracteurs des femmes*, c'est inimitable ! ! ! on ne se bat pas avec plus de *précaution*; il a toujours peur de blesser son adversaire. Avec ce ton doucereux il ne peut manquer d'avoir des amis, aussi en a-t-il beaucoup, et nos *folliculaires* ne rougissent pas de lui donner des éloges ; il est néanmoins respectable sous tous les rapports, et moi je respecte tellement ses ouvrages que je serais au désespoir d'y porter la main ou le moindre regard.

Villiers: On ne peut lui refuser de la facilité ; mais c'est à faire des couplets, sans idée, sans sel et sans grace : pour se convaincre de cette vérité, on n'a qu'à parcourir le *Journal des Rapsodies.* Voici son portrait, fait par un de ses amis, l'un de ses plus grands collaborateurs.

AIR : *De la croisée.*

Très-peu d'esprit, beaucoup d'orgueil,
Nul talent et point de génie ;
Offrant par-tout le lourd recueil
De mainte et mainte Rapsodie,
Pour quelques milliers de couplets ;
Sur l'hélicon Villiers se place,
Mais certain village ici près (1)
Serait mieux son parnasse.

Le nouveau recueil qu'il vient de publier sous le titre du *Chiffonnier*,

---

(1) C'est Montmartre ; personne n'en peut douter.

ne donne pas une haute idée de son *savoir faire*.

Voici comme répond le citoyen Patrat, à l'accusation faite contre lui, de piller des vers de tous côtés, par le citoyen Villiers, auteur du *Chiffonier*.

Pourquoi, mon cher *Villiers*, vous donner un travers,
En vous mêlant des affaires des autres ?
Si j'ai pillé de jolis vers,
Certainement ce ne sont pas les vôtres.

En effet, que pourrait-on voler à qui n'a rien ?

Hapdé : Il fait régulièrement ses deux ou trois vaudevilles par décade ; les couplets ne lui coûtent rien ; ils lui coûtent ce qu'ils valent.

Fayolle : Il a tant gâté de journaux que tous les journalistes lui refusent l'insertion de ses articles somnifères.

Dognon : C'est un jeune homme qui a bonne envie d'apprendre à faire des vers, mais il n'a que cela.

Pillet : C'est le rédacteur de l'article *spectacle* du *Journal de Paris ;* on ne peut sans injustice lui refuser un peu de jugement. *Denisas*, auteur de *Montmorency*, lui a écrit ces quatre vers, parodiés sur ceux du beau sonnet de Desbarreaux.

Pillet, tes jugemens sont remplis d'équité ;
Ta plume, je le sais, voudrait m'être propice ;
J'ai tant de mauvais vers, que jamais ta bonté
Ne pourra me louer qu'en blessant ta justice.

Oh ! combien tous nos modernes pourraient mettre à la fin de leurs ouvrages, avant de les adresser à leurs amis les journalistes.

J'ai tant de mauvais vers que jamais ta bonté
Ne pourra me louer qu'en blessant ta justice.

Lucet : Il ne brille nulle part ; il a à se reprocher la mort de plusieurs journaux.

Armand Ragueneau : O vous ! qui vous imaginiez qu'on ne pouvait pas faire une brochure plus détestable que celle qui a pour titre : *des Calembourgs comme s'il en pleuvait*, ouvrage dont Armand Ragueneau est auteur, compilateur, éditeur et colporteur : levez les yeux et voyez autour de vous *les calembourgs de madame Angot*, recueil très-curieux, qui fait suite à l'ouvrage précédent.

Landon : Comme *journaliste*, il bavarde passablement bien dans le Journal des Arts ; comme *écrivain*, nous avons de lui un ouvrage *précieux*, ayant pour titre LES IMAGES PARLANTES OU DIALOGUE DES TAPISSERIES, *exposées dans la cour du Louvre ;* comme *peintre*, nous en parlerons ailleurs.

Il paraît un écrit du *sublime* Henrion.
—Se vendra-t-il jamais, l'auteur a mis son nom !

Telle est l'épigramme que l'on vient de faire sur le nouveau chef-d'œuvre de cet écrivain : en effet, le nom d'Henrion en tête d'un ouvrage ferait reculer le lecteur le plus acharné.

Après avoir chanté les nymphes du Palais-Royal, ses charmantes maîtresses, il veut faire le moraliste, dans son Tableau de Paris ; lui qu'on ne voit, qu'on ne trouve, qu'on ne rencontre...... Mais je m'arrête, je ne veux point salir davantage cette page, c'est bien assez d'y avoir laissé tomber le nom d'Henrion.

Labouisse : Un des collaborateurs du citoyen *Lepan* ; c'est tout dire...

Cuviller : Il a à se reprocher l'horrible déluge de nos plus affreuses pantomimes. Mais on aime à faire parler de soi, de telle manière que ce puisse être. Ce ne serait encore que demi-mal, si cet *auteur dramatique* se contentait de faire des scènes muettes : hélas !

malheur à vous, si vous lisez sur l'affiche *pantomime* DIALOGUÉE, *du citoyen Cuviller.*

Voyant donc qu'il ne pouvait réussir avec ces sortes de pantomimes, il a choisi une nouvelle troupe *équestre* dont il s'est rendu maître et qu'il fait aller un *train de poste*, ce qui l'a obligé de mettre des *relais* à chaque coulisse.

Depuis le malheureux accident arrivé à un *jeune premier*, qui s'est cassé la jambe dans l'orchestre, en voulant se jeter aux genoux de sa *maîtresse*, le citoyen Cuviller a encore abandonné cette troupe trop fougueuse. Nous *craignons* qu'il ne se remette à faire des pantomimes *dialoguées.*

Victor Campagne : Il est connu pour avoir adressé à *Paul Ier*. une très-médiocre, ou pour parler avec plus de franchise, une très-mauvaise épître en vers. Il a placardé lui-même dans les rues que cette épître était très-bien faite, et qu'il avait encore devers lui, une autre épître en vers *de la première force.* Les amateurs de la belle poésie l'attendent avec impatience ; je crois qu'ils l'attendrons long-temps.

Cubières, soi-disant Dorat : Autre poëte *de première force.* Il fait le petit athée ; je le crois bien, il est du Portique républicain ; mais qu'il apprenne, en passant, que BONAPARTE n'aime pas les athées...

POËTES.

L'ABBÉ DE LILLE. . . .

. . . .
. . . .
. . . .
. . . .
. . . .
. . . .

VERSIFICATEURS.

Lebrun : Dans quelques-unes de ses odes, on rencontre de belles strophes ; elles lui ont valu le beau nom de *Pindare.* Son style est très-négligé, ses expressions sont souvent étrangères à notre langue.

Lebrun, d'un vol audacieux,
Sort souvent de son hémisphère ;
Mais quand il plane dans les cieux,
Il n'apperçoit plus sa grammaire.

Desorgues : Autre petit pindare, mais bien inférieur au précédent.

Nous avons de celui-ci une infinité de *stances républicaines*, *hymnes patriotiques*, etc., etc. Ces stances, ces hymnes seront très-bien quand il y aura fait beaucoup de corrections.

Parni : De tous nos feseurs de vers aimables, il est presqu'encore le premier. Il y a dans sa *Guerre des Dieux* des épisodes que le bon goût ne peut s'empêcher d'applaudir. Les critiques ne trouvant pas assez de quoi mordre à ce poëme sous le point de vue littéraire, en ont, avec raison, critiqué toute l'*immoralité*.

Mme. *Viot* (*de Bourdic*) : C'est une de nos femmes, bel-esprit ; elle fait de très-jolis vers, mais elle fréquente un peu trop nos lycées ; elle se perdra.

Mme. *Pipelet :* C'est encore une de nos femmes bel-esprit. Je ne m'aviserai pas de la mettre en comparaison avec madame Viot : une femme n'aime point qu'on la compare à une autre, sur-tout quand on n'est point disposé à lui donner la préférence.

Mme. *Pipelet* donc a son mérite tout comme une autre ; elle fait des vers quelquefois jolis, des discours assez froids ; mais je ne l'en blâme pas, ils sont à l'usage de tous les lycées de Paris, dont madame Pipelet est un honorable membre. Nous croyons très-inutile de rappeler ici les *petits désagrémens dramatiques* qu'elle a éprouvés en voulant sortir *d'un sentier poetique* (1), où Apollon l'a si heureusement placée.

---

(1) Il est facile de concevoir que ce *sentier poétique* est un des petits chemins *détournés* par lesquels on arrive jusqu'au Parnasse, et nous ne doutons pas que madame Pipelet n'y parvienne en très-peu de temps.

Dumoustier, auteur des jolies *lettres à Emilie* et *du Conciliateur :* tout cela fourmille d'esprit, mais il y en a trop, et pas assez de sentiment ; ajoutez à cela une afféterie insupportable, quelquefois de la monotonie et de la froideur. Dumoustier m'a avoué lui-même, que son grand plaisir était de s'égarer dans la campagne pendant l'hiver, pour composer ses ouvrages, et qu'un glaçon était souvent son pupitre...... J'en ai eu cent fois le pressentiment.

Guichard :

Enfant gâté du dieu de l'Hélicon ;
Le vieux Guichard, dans sa fertile veine ;
Joint à l'esprit de ce joyeux Piron,
Tout le bon sens de Lafontaine.

C'est en quelque sorte la lecture de ses fables qui attirent la foule à la société *philotechnique :* il ne monte pas à la tribune qu'il ne reçoive de nombreux applaudissemens. Le citoyen Guichard a assez d'esprit et même beaucoup plus qu'il n'en faut pour être de l'Institut ; mais il n'est pas riche , partant il n'a point d'amis ; il n'a point d'amis , il ne peut intriguer ; il ne peut intriguer , donc il ne sera pas de l'*Institut*.....

Campenon : Les uns disent qu'il fait de jolis vers avec des fleurs , et nous nous disons tout bonnement, qu'il fait des vers avec de jolies fleurs.

Daru : Espèce d'auteur satyrique, mais à l'*eau tiède*. Nos auteurs modernes sont de *granit* ; il faut des massues pour les renverser , et non des égratignures ; il a fait une traduction des Odes d'*Horace* , dont les *amateurs* sont assez contens.

Mercier (de Compiègne) : Notre brochure est bien assez méprisable par elle-même, pour que nous allions *encore* en dégoûter le public par la citation des poésies de ce fâmeux compilateur.

Montenclos : Femme d'esprit, qui fait quelques petites pièces, dont la majeure partie obtient du succès.

Pinières : Ecrivain satyrique ; sa satyre du siècle renferme de très-bonnes choses et offre de beaux vers.

Lomian, *Despaze :* Autres écrivains satyriques, assez médiocres, qui se sont pourtant fait une sorte de réputation ; mais hélas ! quelle réputation !...... Il nous convient bien de parler ainsi, nous qui voulons être méchans et qui n'avons pas à nous six l'esprit de l'un d'eux.

GRANDS HOMMES.

Avoir vaincu l'Italie, traversé les mers, échappé aux Anglais, renversé le directoire, ramené la clémence, fait renaître l'espoir ; encourager les arts, protéger le commerce, rallier les esprits, étouffer les haines, guider nos héros, soumettre la nature, s'élancer aux combats et FIXER LA VICTOIRE ;

Voilà *le grand homme* : mais,

Ses pareils à deux fois ne se font pas connaître.

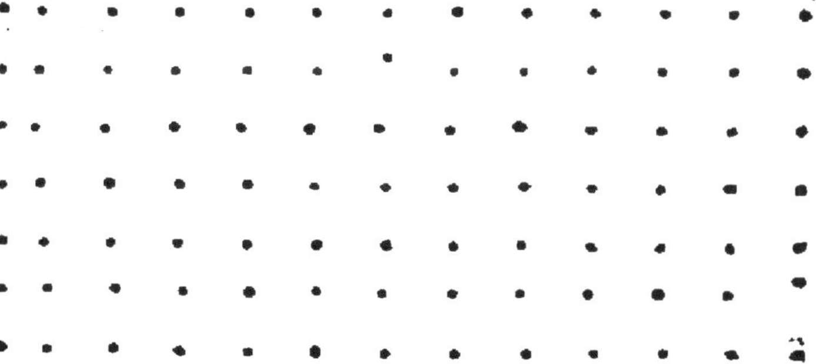

M.....
D

PEINTRES.

A.

MADAME *Auzou* : Passons, c'est une femme.

Augustin fait très-bien la mignature, mais ses portraits n'ont point d'expression et manquent généralement de vigueur.

B.

Bidault: C'est notre premier paysagiste ; on ne *feuille* pas mieux que lui ; ses *fabriques* sont du meilleur choix ; son grand tableau d'*Orphée* a beaucoup ajouté à sa réputation.

Boilly : Il a un talent particulier pour peindre la *nature morte*, il est même inimitable dans ce genre-là ; mais les sujets de ses tableaux sont toujours les mêmes, ses figures se ressemblent toujours :

Les robes qu'il *décrit* sont toutes de satin.

Bonnemaison annonce déjà de grandes dispositions ; soyons plus justes et disons qu'il a déjà du talent.

Bossio : Nous lui devons *Homère récitant ses aventures chez le berger Glaucus.* Il y avait de la *couleur* dans ce tableau.

Bertin : Après *Bidault*, *Demarne* et *Valenciennes*, c'est un de nos meilleurs paysagistes ; j'ai vu de lui de très-beaux *effets de soleil* ; mais son *feuillé* n'est pas naturel, et il ne soigne jamais assez ses premiers plans.

C.

Chaudet : Peintre assez médiocre, mais un de nos premiers sculpteurs ; son jeune *Cyparisse* a fait oublier tous les défauts de son vieil *Anchise*. On dit qu'en ce moment il exécute en marbre cette jolie statue ; tous les amateurs du vrai beau l'attendent avec impatience.

Mme. *Chaudet :* C'est alors qu'on peint comme elle, qu'il est permis à une femme d'exposer ses ouvrages en public ; on ne peut pas mettre plus d'ingénuité, de fraîcheur et de coloris qu'elle n'en a mis dans son tableau, représentant un jeune enfant qui fait lire un petit chien.

Le savant physicien, Charles, disait, en parlant de ce tableau : « C'est » joli comme une fable de Lafon» taine. »

D

David : C'est le meilleur peintre que nous ayons ; ses tableaux offrent beaucoup de défauts ; mais le nombre des beautés l'emporte. Parmi les mille et une critiques que l'on a fait de son tableau *des Sabines*, il en est une qui a l'air d'être sans prétention et qui réellement est fondée. L'auteur s'exprime ainsi en vaudeville :(c'est la mode).

Air : *Réveillez-vous, Belle endormie.*

« Admirez donc ce grand tapage ;
» Ces guerriers sous le fer tombés
» Sont PROPRES , malgré le carnage ,
» Comme étaient nos petits abbés. »

L'auteur continue :

« Voyez cette *Hersilie*, qui est » sensée venir avec précipitation » au milieu des combattans pour » les haranguer. »

Air : *De la Parole.*

Pour courir sous ces étendards ,
Je la trouve *peu colorée* ,
L'air qui règne de toutes parts
Ne l'a pas assez *décoiffée*.
Pourquoi la voyons-nous pâlir ,
Et muette comme une idole !
Peut-être , à force de courir , (*bis.*)
Le vent lui coupa *la parole*.

Le petit vaudeviliste n'a pas tout à fait tort, et tout le monde trouve que cette figure n'a pas assez d'expression ; c'est le défaut général du tableau. Nous citerons encore ce couplet qui nous a paru joliment tourné.

AIR : *De la clef forée.*

Il est bien fait ce bouclier,
Il a du relief, je vous jure ;
Mais pour un combat singulier,
C'est une bien pesante armure.
On l'a fait grand pour dérober
Cette figure *académique ;*
Mais non pas *assez* pour parer
Les traits malins de la critique.

Nous nous sommes plûs à citer ces couplets, qui pourraient être meilleurs (1), parce que *la gaîté*, plus qu'une *basse envie*, semble les avoir dictés à l'auteur.

Descria : Ne nous arrêtons pas.

Demarne : C'est le véritable *Lafontaine* de la peinture moderne. Il serait difficile de donner plus que lui de l'expression aux animaux

(1) Car sur cinquante, à peine en trouve-t on quatre à cinq qui soient bons.

qu'il met dans ses paysages. On voit qu'il étudie leur marche, leur position, leur habitude; ils sont tous d'une grande vérité. Nous lui reprocherons seulement de se *répéter* trop souvent. On voit presque toujours un âne, un chien et une chèvre sur le premier plan de ses tableaux.

Doix : Peintre de *genre ;* savoir lequel!!!!

Ducreux : Apparemment qu'il ne sait peindre que son portrait, car il nous le montre tous les ans.

Dubost : Le tableau qu'il a exposé l'année dernière annonce déjà en lui le germe du vrai talent. Ce ne peut être que par IGNORANCE, ou par ERREUR de nom, que *Joseph Despaze* l'a mis au nombre de ces peintres qui

Se disputent la palme, une croûte à la main.

Dabos : Un feseur de mauvais

calembourgs , disait en parlant de ce peintre : « Que nous avions de lui les plus belles vues de la Grèce (graisse), allusion au genre du citoyen Dabos, qui nous offre régulièrement chaque année une collection de cuisinières, *plumant de la volaille* ou *lavant la vaisselle*. Quant à nous, nous engageons le citoyen Dabos à choisir d'autres sujets ; et la facilité que nous lui connaissons, jointe au désir de mieux faire, nous fait espérer qu'il donnerait beaucoup moins de prise à la critique.

F.

Fragonard: Nous ne chercherons pas à être *piquans* avec ce jeune dessinateur ; nous en serions la victime, s'il se vengeait (1).

---

(1) Tout le monde sait que les crayons de messieurs *Isabey*, *Fragonard*, *Henry*, *Hilaire le Dru* sont aussi pointus que des aiguilles anglaises.

Allons, mon cher Fragonard, parlons sérieusement. Vous avez assez joué avec ce *marivaudage* de la peinture. Laissez-là vos minutieux crayons et dessinez à grands traits.

G.

Gérard : Il marche à grands pas sur les traces de David. Son dessin est aussi pur que savant, son coloris est naturel, peut-être un peu trop pâle. Sa *Psiché* a beaucoup ajouté à sa réputation. Pour avoir une idée du génie de ce peintre, nous voudrions voir de lui un tableau d'une riche et grande composition. Nous ne doutons pas qu'il n'y recueille de nouveaux suffrages.

Garnier : Nous désirons qu'il y ait un jury cette année. . . . .

Guérin : Voilà le peintre de la douleur! un sujet puisé dans la nature ; des personnages dont la situation intéresse ; aucun accessoire qui puisse distraire les spectateurs , un profond silence, un dessin assez pur, un coloris vrai, une simplicité générale ; voilà à-peu-près le tableau de Guérin ; voilà son *Marcus-Sextus , de retour dans ses foyers, trouvant son épouse sur le lit de mort et sa fille en pleurs.*

Cette lampe qui s'éteint.... quelle idée poétique ! ce voile qui tient encore au lit prouve assez que cette fille intéressante , jusqu'au moment de l'arrivée de Sextus, n'avait point encore abandonné sa mère expirée. Quelle idée ingénieuse pour peindre la piété filiale !

O peintres modernes ! voilà comme on compose !..... Peut-être reprocherez-vous quelques défauts au dessin de ce tableau ; peut-être m'objecterez-vous cette espèce de croix formée par le corps de Sextus et celui de sa femme ? Vos reproches pourront être fondés, mais du moins l'expression de la douleur est parfaitement rendue; et à l'aspect de ce touchant tableau, on ne peut s'empêcher de répandre quelques larmes.

Gensoul : S'il faut dans un écrit comme dans la peinture faire usage quelquefois des oppositions, c'est-à-dire, mettre de l'ombre au tableau, je crois devoir, après le citoyen Guérin, parler du citoyen *Gensoul*; mais pourquoi rappeler ici qu'il a manqué à la représentation nationale (1).

Girodet : Très-bon peintre, mais qui l'année dernière n'a rien fait de bon, pas même la carricature de mademoiselle Lange; car,

La pointe de l'épigramme
Ne doit point aller jusqu'au cœur.

---

(1) Les personnes qui ont vu la dernière exposition, se rappelleront sans doute *avec plaisir* le portrait du représentant Bouvier.

Et puisqu'il avait à se plaindre de cette femme (le désespoir de tant d'autres), il pouvait employer l'arme de la plaisanterie, et non pas des moyens qui révoltaient à-la-fois les mœurs et le bon goût.

Au surplus, s'il a eu affaire à une méchante femme, en échange il a eu affaire à un très-*bon* homme.

Je rappellerai ici au citoyen *Girodet* cette bonne plaisanterie qu'un peintre fit à quelqu'un, dont il avait le portrait assez ressemblant, mais que la personne ne trouvant pas tel, ne voulait pas le payer. Que fit notre plaisant ? il peignit de gros barreaux sur le portrait en question, mit au bas cette inscription :

Prisonnier pour dettes,

Et l'exposa en public ; le portrait était si frappant que chacun le reconnaissait, et déjà les brocards circulaient par toute la ville; la personne ainsi représentée fut obligée de payer bien plus que le prix convenu pour retirer son portrait, le peintre s'obstinant à le garder, puisqu'elle ne l'avait pas trouvé ressemblant.

Voilà comme on met les rieurs de son côté.

H.

Hennequin : Il semble que le *bon goût* se fasse un vrai plaisir de contrarier les opinions de l'*Institut* en général, ou quelquefois de ses membres en particulier (1).

Pour prouver ce que j'avance

---

(1) Les personnes qui jouissent encore de tout leur bon sens, réfutent le citoyen Mercier, qui tous les huit jours se *réfute* lui-même.

Les personnes qui savent leur grammaire, mais qui ne sont pas de l'Institut, ont relevé les fautes de langue, échappées au citoyen Ch. Pougens. Voyez l'article : *Auteurs et Ecrivains au-dessous du médiocre.*

sur l'Institut en général, je rappellerai ici qu'il a couronné le tableau *représentant le* 10 *août*, tandis que le bon goût en fesait partout la critique; je dis plus, il a couronné ce tableau, tandis que le tableau de Guérin existait. *Le citoyen Hennequin*, plus sage ou plus instruit, ou moins pusillanime que l'Institut, a donné en cette occasion une preuve de bon goût, de modestie et de grandeur d'ame, étant le premier à couronner le chef-d'œuvre du jeune Guérin. Cette couronne en vaut bien une autre.

Ce trait de générosité du citoyen Hennequin a fait taire, en quelque sorte, les critiques de son tableau.

Si nous nous montrons sévères envers les peintres pour leurs mauvais tableaux, du moins applaudissons-nous aux actions qui prouvent la bonté de leur cœur. Voici un trait que nous nous fesons un devoir de publier, et qui prouve combien les peintres ont partagé pour le *Sextus Marcus*, l'enthousiasme du citoyen Hennequin.

Le citoyen *Van-der-Burg*, auteur d'un beau paysage, voyant que son tableau occupait la place qui *convenait* au tableau du citoyen Guérin, a déplacé le sien pour le mettre ailleurs, et a reçu de tous les peintres les marques de satisfaction que méritait un pareil désintéressement.

Hommes de lettres, beaux feseurs d'esprit, vous blâmez les peintres ; mais des siècles s'écouleront avant que l'on vous voie couronner l'un d'entre vous avec cette aimable franchise.

Henry : Joli dessinateur à la manière noire et *au pointillé*. Le bruit court qu'il est occupé depuis trois mois à tailler quinze mille crayons noirs, pour pouvoir copier en mignature une des batailles d'*Alexandre :* c'est un petit médaillon dont il veut faire présent à sa maîtresse.

Hilaire le Dru : Il manie assez bien le crayon noir ; mais nous le répétons encore, ce genre ne mène à rien du tout, ou du moins à une petite réputation bien passagère.

Hue : Ses marines peuvent faire suite à celles de Vernet; il a exposé l'année dernière un *coucher du soleil* et *un clair de lune* de la plus grande beauté.

I.

Isabey : C'est lui qui a introduit le genre des dessins noirs; mais il serait à désirer que tous ceux qui s'y sont adonnés ne se fussent pas écartés de lui. Ses dessins sont moins *léchés*, moins *finis* que ceux de *Fragonard* et d'*Henry*, mais il y a plus d'imagination, plus d'esprit, ses figures ont plus de mouvement, ses paysages, plus de fraîcheur; on reverra toujours avec plaisir son *petit fumeur*, son *batelet* et les *bosquets de madame Campan.*

L.

Le Barbier, aîné : Il n'expose rien au salon ; il a tort.

Lagrenée, aîné : Nous lui *devons* la *chute de Phaëton*......

Lefèvre : Il a un grand talent pour le portrait. A un bon coloris, il joint un dessin facile et agréable.

Lethiers : Il compose avec feu, exécute avec hardiesse, colore avec vigueur : nous avons de bons tableaux de lui.

Landon : C'est un peintre à petite réputation ; il a son petit genre ; il choisit des petits sujets, qu'il exécute dans des petits tableaux, avec des petites figures. Son petit pinceau est agréable ; on aime assez son petit coloris. L'année dernière il fit le *petit Icare*, avec son petit papa *Dédale*, se jetant dans une petite rivière, qui coulait au pied d'une petite tour, qui, par parenthèse, ne tournait guères. C'est encore lui qui a fait ce petit enfant jouant avec des petites fleurs. Il ne faut jamais à ce petit peintre qu'une très-petite place dans le grand salon. Il fait encore des petites romances. C'est un *petit* membre de la société philotechnique. Il fait enfin des petits articles qu'il insère dans les petites colonnes du petit journal de Paris.

M.

Mérimée : C'est un peintre agréable.

Meynier : Ce peintre a entrepris

une riche collection ; les amis des arts désirent lui voir continuer : déjà nous avons vu *Apollon* et plusieurs *muses*. Ces tableaux offrent de grandes beautés, à travers lesquelles il se glisse quelques défauts ; la tête de son *Apollon* n'était pas assez noble, la figure de *Clio* n'était point du tout agréable, ce qui a donné lieu au couplet suivant :

AIR : *Nous sommes précepteurs d'amour.*

Pourquoi CLIO dans chaque trait
Offre-t-elle une humeur si noire !
Quand le peintre la dessinait,
C'est qu'elle écrivait notre histoire......

Moench : Bon décorateur ; il a fait le succès de plus d'une pantomime.

Moreau : Bon dessinateur ; il a un talent particulier pour les vignettes. Plusieurs de nos belles éditions lui doivent une partie de leurs richesses.

O

Odvaer : On se rappelle toujours avec plaisir un dessus de forté-piano sur lequel était peint un superbe paysage. Pour m'exprimer comme le physicien Charles, je dirai que c'était joli comme une idyle de madame Deshoulières. (Non pas celle du Vaudeville.)

P.

Pajou : Son *Orphée aux Enfers* était assez médiocre ; nous savons qu'il peut mieux faire.

Percier : Excellent architecte ; nous avons des dessins de lui qui sont très-précieux.

Prud'hon : Peintre d'histoire, qui a beaucoup de talent ; heureux dans toutes ses compositions, qui annoncent toujours une imagination riche. Rien de plus joli et de plus *spirituel* que ses petits bas-reliefs.

R.

Redouté fait très-bien les fleurs.

Regnault : Malgré les incalculables éloges qu'a bien voulu lui prodiguer M. Landon, son ami, son *Hercule ne vaut pas* son *éducation d'Achille* ; ses *Grâces* sont charmantes, mais sa *mort de Cléopâtre* est bien au-dessous de ce qu'il peut faire.

S.

Sablet : Ce peintre est quelquefois trop *brillant.*

Sauvage fait très-bien les bas-reliefs.

Sicardy fait très-bien la mignature ; mais ses figures sont presque toutes sans expression.

Swebach a un talent particulier pour peindre les divers mouvemens d'une armée ; ses trains d'artillerie, ses haltes, ses attaques, ses campemens offrent les plus jolis détails : il n'a que le défaut de se répéter souvent.

T.

Taillasson : Peintre qui ne fait pas très-bien, mais qui ne fait pas mal ; ses compositions sont assez heureuses ; il y met de l'action ; il n'a cependant pas le talent de faire de l'effet.

Si le citoyen Taillasson n'est pas un de nos premiers peintres, du moins est-il un de ceux qui écrit le mieux sur son art ; son style est pur, élevé, souvent harmonieux. Nous avons de lui, dans le *Journal des Arts*, quelques notices très-bien faites sur les peintres anciens ; c'est un des meilleurs collaborateurs de ce journal.

Il veut aussi faire des vers ; il a tort......

V.

Valenciennes : Nous avons de jolis paysages de ce peintre : nous trouvons son coloris un peu trop *maniéré ;* la nature est plutôt *belle* que *jolie.*

Le citoyen Valenciennes ne se bornant pas à faire de jolis tableaux, vient de publier un ouvrage sur la *perspective* et *autres parties de l'art de la peinture*, qui obtient les suffrages de tous les artistes.

Van-der-Burg : C'est encore un de nos premiers paysagistes ; son grand tableau représentant *un jeune homme terrassant un ours*, a obtenu l'année dernière les suffrages de tous les amateurs ; on lui a reproché, et nous sommes de cet avis, de n'avoir pas assez éclairé ses premiers plans ; ce reproche est d'autant plus fondé, que c'est le lieu où se passe l'action.

Vanspaendonck : On croit respirer les plus douces odeurs en approchant de ses tableaux. Rival heureux de Flore, écoutes le conseil que je donnais à une rose :

Reine des fleurs, rose nouvelle,
Le jour qui te voit naître entr'ouvre ton tombeau :
De *Vanspaendonck* implore le pinceau,
Reine des fleurs tu seras immortelle.

Vien, fils. . . . . Il doit nous savoir gré de notre silence; mais qu'il sache du moins qu'il le doit au respect que nous avons pour son vénérable père, le restaurateur de la peinture.

Vernet : Bon dessinateur, bon peintre, bon époux, bon ami, bon père, bon feseur de calembourgs, bon écuyer.

Nous espérons qu'il nous retracera bientôt la fâmeuse et honorable bataille de Maringo.

M.... L.... V.... S....

Portique Républicain.

Nous voulions donner quelque chose de plaisant à nos lecteurs sur l'institution plaisante du Portique, et nous ne pouvions pas mieux choisir, qu'une séance assez plaisante que le plaisant journal *de l'Opposition* a assaisonnée de bonnes plaisanteries.

Séance du Portique.

Les membres étant réunis, une voix patriotique a entonné *l'Hymne des Marseillais*, qu'a terminé le charmant *Ça ira.* Aussitôt tous les sociétaires se sont précipités vers la tribune : — Je lirai. — Tu ne liras pas. — Et mon conte, disait Cubière. — Et ma dissertation, reprenait Publicola. Les débats dureraient encore, si quelques coups de poing, appliqués fort à-propos, n'eussent rétabli la bonne intelligence entre les littérateurs à moustaches. Le citoyen Simon a lu plusieurs couplets dont voici le refrain :

Nous marchons de tout notre cœur
Au maintien de la République.

Marchez au maintien tant qu'il vous plaîra, mais avec de tels vers vous n'arriverez point au Parnasse.

Le citoyen Cournand a communiqué au Portique un extrait de sa traduction de Lucrèce, qui pourrait bien relever celle de Leblanc de Guilet. Nous n'avons retenu, Dieu merci, que les quatre vers suivans :

Je trouve le vautour dans nos soins dévorans ;
Tytie est à mes yeux l'image de ces grands,
Qui, *parmi la chaleur* des partis populaires,
Convoitent les faisceaux, les haches consulaires.

J'ignore si le citoyen Cournand compose ses vers *parmi la chaleur* du feu sacré ; mais s'il tombe jamais entre les mains de M. Vigée, cet honnête Aristarque l'enverra, comme il m'a envoyé moi-même, à l'école de Beauzée.

Cependant le public demandait à grands cris *les Huîtres* de Piis, lorsqu'Aristide annonça que le poëte-commissaire ayant passé toute la nuit au bureau central pour y rédiger un arrêté contre les chiens enragés, ne pourrait point assister à cette séance.

Les expressions me manquent pour peindre la douleur générale.

La séance continue. Un cordonnier en vieux dépose sur le bureau un outil de *sa composition*, qui remplace avantageusement le tire-pied. La société arrête qu'il sera déposé aux archives, et qu'on demandera à l'ancien directoire un brevet d'invention.

La salle retentit tout-à-coup d'applaudissemens. On apperçoit dans *l'enfoncement* le citoyen Piis, qui se rend enfin aux vœux du Portique. Bientôt un cri universel se fait entendre : *les huîtres !* les huîtres ! Piis s'avance, et

Fend les flots d'auditeurs pour aller à sa chaire ;

Alors, avec ce ton modeste qui n'appartient qu'à lui, il chante plusieurs couplets, dont je cite le plus saillant :

Si d'être une huître après ma mort,
La métempsycose m'ordonne,
Il faudra bien, cédant au sort,
Que comme huître je raisonne.
Mais pourvu qu'au pêcheur madré,
J'échappe au fond d'une onde obscure,
Dans ma coquille retiré,
Je rendrai grâce à la nature,

Quels beaux vers ! disait-on dans la galerie ; *on n'écrit plus aujourd'hui de cette manière.* Piis, ayant humé l'encens, ouvrit encore la bouche et dit : Citoyens, mes fonctions m'appellent au bureau central, où nous préparons un nouvel arrêté contre des malveillans qui cherchent à propager des *assertions mal intentionnées* (1). Il se retire ; et, aucun membre ne paraissant à la tribune, le président lève la séance.

D....

---

(1) Expressions contenues dans un arrêté, *signé* Piis.

JOURNAUX.

JOURNAL DES HOMMES LIBRES : C'est peut-être le journal le mieux rédigé que nous ayons ; tout ce qu'il dit, il le dit avec esprit, mais je suis bien loin d'approuver tout ce qu'il dit.

Par exemple, il prêche l'athéïsme : hélas ! *cet oubli de Dieu* ne nous porte que trop vers LE RÈGNE AFFREUX DE LA TERREUR ; c'est en vain que l'on se décore du beau titre de *philosophe ;* ces philosophes athées ne me rappellent que trop ces *philosophes sans-culottes*, qui criaient G'N'Y A PU D'BON DIEU, et l'on sait jusqu'où nous a conduit cette précieuse philosophie.

Le journal des Hommes Libres dit souvent, *les prêtres soulèvent le peuple ;* oh ! messieurs les rédacteurs, ces petits moyens sont usés, et croyez que ce n'est pas en ensévelissant les prêtres dans le fond des cachots, que vous parviendrez à détruire ces pantomimes religieuses, qui ne sont pas moins ridicules que nos pantomimes dramatiques : je voudrais seulement, qu'agité dans vos mains, le flambeau de la raison brille d'un nouvel éclat; mais souvenez-vous sur-tout que le meilleur coursier ne peut aller sans frein.

Le journal des Hommes Libres rapporte comme un *grand crime*, qu'un *prêtre disait sa messe, armé de pistolets*; eh bien, je répondrai au *journal des Hommes Libres :* il avait le droit de dire sa messe, et ce sont ceux qui lui inspiraient quelques craintes qui sont les seuls coupables.

Le journal des Hommes Libres se fâche très-souvent de ce que beaucoup de personnes disent le

Théâtre Français ; je trouve moi que cette dénomination lui appartient mieux que toute autre, puisque c'est presque le seul théâtre où l'on parle encore fançais ; il préférerait qu'on l'appelât *théâtre de la République :* voilà ce qui s'appelle du républicanisme bien déplacé ; car ce théâtre appartient-il à la République , pour l'appeler ainsi ? non ; et d'ailleurs, le plus beau nom que je connaisse est celui de *Français.*

« Des prêtres ont prié, mais en « vain , le sous-préfet de Tours, » de faire ôter du temple décadaire » (c'est-à-dire de l'église) la statue » de la liberté, pour y substituer » un autel.... Ces messieurs ont » toujours quelque bêtise à faire ». *Vous, journaliste, quelque mensonge à dire.*

Guerre à Ruggiéri pour avoir mis sur son affiche : Fête brillante en l'honneur des *armées françaises*. Les rédacteurs du journal des Hommes Libres auraient voulu qu'il eût ajouté *de la république*. Il ne l'a pas fait, donc c'est un *royaliste*, un *malveillant*, un *envoyé d'Angleterre;* enfin, ils vont prodiguer une foule d'épithètes très-déplacées à ce pauvre Ruggiéri, qui n'a eu d'autre but que d'amuser le public.

Le même journal dit : « La police » a fait arrêter trois individus, fa» bricateurs et distributeurs de faux » congés. Il a été saisi plusieurs » de ces congés, qui allaient être » livrés, dans les prix de dix à » quinze *pièces d'or*. » De quelles pièces d'or veulent parler les Hommes Libres ? *il y en a de plusieurs espèces ;* et *quinze pièces d'or* ne nous désignent aucun prix.

Pauvres petits hommes que vous êtes!.... soyez donc bien persuadés qu'on peut être bon républicain et appeler un louis un louis. Dans le comité de salut public, on n'aurait pas prononcé le mot *louis*, mais on y signait les *arrêts de mort* d'un millier d'innocentes victimes.

M.....

La Gazette de France : L'esprit de ce journal (si toutefois il y a de l'esprit) est tout opposé à celui des *Hommes Libres*. Ces deux excès sont aussi risibles l'un que l'autre, de manière que tous les deux font rire à leurs dépens. L'un affecte un *faux* républicanisme pour avoir des abonnés ; l'autre affecte un *faux* royalisme pour le même motif : tous deux attrapent l'argent des différens partis, et comme ces deux oracles de l'antiquité, ils ne peuvent se regarder sans rire.

La Décade : Ce journal qui ne paraît heureusement qu'à la fin de chaque décade, a l'honneur d'être un de nos plus ennuyeux journaux, et ce n'est pas peu dire.

Si vous ne craignez pas de tomber en léthargie, parcourez plusieurs numéros, et vous y verrez de longs discours, de longues dissertations, de longues analyses, de longues séances, de longues annonces, etc., excepté l'esprit et le bon sens qui s'y trouvent très en racourci. Voici un petit madrigal qui a été adressé dernièrement aux rédacteurs de ce langoureux journal :

Fort à propos, docteur, vous arrivez céant,
Je ne dors plus, et ça me rend malade.
—Bon ! ce n'est que cela ! le soir en vous couchant
Ayez grand soin de lire la *Décade*.

S.....

Journal des Défenseurs de la Patrie : Lisez-vous quelquefois ce journal ? — Jamais. — Vous n'aimez donc pas à voir les succès de nos BRAVES ? — Pardonnez-moi, c'est mon plus grand plaisir ; mais je n'aime point les défaites *fardées*, les victoires *outrées* (1) ; mais je n'aime pas ces combats où *l'ennemi a perdu quatre à cinq cents hommes, et où nous n'avons eu* QU'UN *officier de blessé.* — Oh ! le royaliste ! ! ! — Vous voilà là bien, messieurs, dès qu'on aime la vérité *on n'est plus de votre secte.*

Au surplus, voilà ma profession de foi ; d'après cela, vous m'appellerez comme vous voudrez. Je n'ai pas la niaiserie de tenir *aux mots* comme les rédacteurs du journal des Hommes Libres. J'aime la France, celui ou ceux qui la gouvernent ; je méprise ceux qui l'ont abandonnée (2) ; j'aime la liberté de tous les cultes, c'est à cela qu'on reconnaît la véritable liberté ; je

(1) C'est faire injure à nos guerriers ; ne sont-ils pas assez souvent vainqueurs !

(2) Mais je n'insulte point à leur malheur.

n'ai point la perfidie de *supputer des crimes* aux prêtres (1) ; je hais les dénonciateurs ; j'abhorre les sectes politiques, elles ont causé le deuil de la France (2) ; le règne de la terreur m'arrache encore des larmes ; les déportations m'ont fait frémir ; tout ce qui a porté le nom de *révolutionnaire* m'effraye (3) ; le bonnet rouge n'a point souillé mon front (4) ; j'admire et je bénis nos braves défenseurs ; nos revers m'affligent et je désire LA PAIX.

Nous lisons dans le journal des Défenseurs l'article suivant, sur le *Mercure de France*.

---

(1) Comme certains journalistes, qui ont jusqu'à l'inhumanité de publier que tel ou tel département est en proie aux intrigues des prêtres et qu'il est temps d'y mettre ordre. Que veut dire cela ? *Arrêter*, *emprisonner*, *déporter*, ou peut-être pis encore. . . . . . .

(2) Nous sommes paisibles depuis qu'il n'y en a plus..... O *Bonaparte* ! puisse notre reconnaissance égaler tes bienfaits, ta gloire et ton courage !

(3) On avait abusé de ce mot.

(4) Ceux qui le portaient me fesaient horreur.

« La bassesse avec laquelle certains hommes se prosternent devant le *Mercure* est vraiment risible. Il semblerait, à les entendre, que depuis dix ans la France, plongée dans la plus épaisse ignorance, n'a pas possédé un seul écrivain dont elle puisse s'honorer ». *Mais fort peu.*

« S'ils (*les rédacteurs du Mercure*) s'occupent de la pureté de la langue, ils sentiront que la langue des républiques n'est pas celle des monarchies. » *En effet, les vers et les discours des royalistes Boileau et Voltaire ne valent pas à beaucoup près les vers et les discours du républicain Chénier.*

« Là où les choses sont nouvelles, les mots doivent être nouveaux. » *Depuis dix ans notre dictionnaire s'est enrichi bien heureusement....*

« Les expressions doivent être » différentes. » *On n'en a jamais vu comme on en voit depuis le déluge des journaux.*

« Les tournures doivent être » inouies. » *Oh ! pour le coup, ce galimathias est trop fort.*

« On répète jusqu'à satiété qu'il » n'est plus d'écrivains en France. » Mais qui le dit? Des hommes... » *qui s'y connaissent*, et l'auteur de l'article dont nous venons de donner quelques fragmens en est une première preuve; et voilà comme nos vendeurs de phrases remplissent les colonnes de leurs journaux!!!!!

La Clef du Cabinet : Ce journal est un peu trop métaphysique; il n'a qu'un très-petit nombre de lecteurs ; et nous ne sommes pas encore de ce petit nombre.

Le Journal du Commerce : Comme le commerce est depuis fort long-temps dans une espèce de stagnation, ce journal ne peut remplir son titre ; mais qu'importe, pourvu que le rédacteur puisse remplir sa feuille : aussi c'est ce qu'il fait en empruntant chez ses confrères. Il y a, à cela, selon nous, beaucoup d'indiscrétion de sa part, car ils ne sont déjà pas trop en fonds.

Le Moniteur : C'est un journal dont la rédaction est tiède. Il ne parle jamais le premier, (il a tort, ce serait remplir son titre); il attend que chaque journal ait donné son opinion sur tel ou tel évènement avant que d'en parler lui-même, et alors il prend un juste milieu.

Journal du Soir : On ne pouvait mieux le nommer. En effet, après *la Décade*, je ne connais pas de journal qui soit plus utile le soir et qui dispose avec plus de vertu nos sens à jouir d'un long repos.

Journal du Matin : On se passerait encore de ce journal, comme de tant d'autres.

Journal des Dames : Ce journal n'a d'agréable que son titre. C'est l'ennuyeux rendez-vous des *Dussaussoir*, des *Armand Raguenaud*, des *Lucet*, des *Fayolle* et de tous les pavots du Parnasse.

V.... s.

Journal des Arts, qu'on pourrait appeler *Journal du Louvre et de la Cotterie*. Cette feuille qui paraît tous les cinq jours n'offre que les froids éloges des plus froids ouvrages. Lavallée et Landon travaillent à ce journal. Il est plaisant de les lire tous les deux; c'est à qui flattera le plus; l'un, les hommes de lettres, pour se faire des amis; l'autre, les peintres dans la crainte de s'en faire des ennemis.

Armant, troisième associé audit journal, y travaille très-peu:

mais d'après le style de ce *petit* journaliste, nous sommes bien loin de lui en faire un *crime* ; c'est même une obligation que nous lui devons. Armant n'est jamais porté à faire des éloges ; au contraire, il critique avec amertume ; c'est assez-là le fait d'un écolier.

Ce journal offre encore les longs et insipides vers de *Taillasson*, ceux de *Barrouillet*, etc., etc. — Est-ce que c'est un poëte que ce monsieur *Barrouillet* ? — Il s'en faut de beaucoup ; mais il est de la société philotechnique, *ergo*, nous *insérerons vos vers*, *vous applaudirez les nôtres* ; c'est un très-bon marché poétique auquel il n'y a que les lecteurs qui y perdent.

P...t.

Le Courrier des Spectacles : C'est un de nos plus médiocres journaux, auquel coopèrent tous nos petits feseurs de *bouquets à Cloris*, *de chansons, de charades, d'énigmes et de logogriphes.*

Du temps que les *Legouvé*, les *Clément* travaillaient à la rédaction de ce journal, on le lisait encore avec plaisir ; mais depuis que le citoyen Lepan y met du sien, ce journal tombe de jour en jour. Cela ne m'étonne pas ; car je crois qu'il est impossible de faire de plus mauvaises analyses que celles que nous y voyons journellement. En vain le citoyen Lepan s'efforce-t-il *de nous dire* qu'il est un homme de lettres ; il est encore à *nous le prouver.*

Nous ne sommes pas assez méchans cependant pour imputer au citoyen Lepan tous les plats éloges ou les critiques ridicules qu'offre son journal. Nous savons qu'il lui est impossible d'assister à plusieurs théâtres à-la-fois pour pouvoir rendre compte le lendemain de la pièce nouvelle ; mais nous le blâmons de n'employer pour ce travail, qui demande du goût, du jugement, des connaissances et de l'impartialité, que quelques écoliers qui, en jugeant un ouvrage dramatique en dernier ressort, écrasent ces mêmes jugemens sous le poids énorme des pléonasmes, des solécismes, des.... etc., etc., etc....

Veillées des Muses : Aux articles de Fayolle près, ce journal pourrait trouver des lecteurs.

Les Petites Affiches : La partie littéraire de ce journal est très-bien rédigée ; on devait s'y attendre depuis que *l'abbé Aubert* en est spécialement chargé. Les articles *maison à vendre, effets perdus, changement de domicile*, etc., sont rédigés avec beaucoup de soins, d'intelligence, d'esprit et de précision, par le citoyen *Ducrai-Duminil.*

Journal d'Indications : Le citoyen Babié, chargé de la partie *indicative* de ce journal, s'en acquitte de la manière la plus satisfesante pour le public. Son style est *lâche* à la vérité, mais ses articles sont *serrés*.

Le Mois : C'est un gros et ennuyeux journal qui tombe régulièrement chaque mois chez le peu d'abonnés qui lui restent.

Avez-vous vu *le Mois* ! Il est plaisant, d'honneur ;
Ce journal a du goût pour les panégyriques ;
Il vient de loner l'âne (1) en termes magnifiques.
— C'est un coup d'encensoir qu'on donne au rédacteur.

L....

Journal des Débats : Il faudrait le lire pour en parler ; nous aimons mieux nous taire.

Journal de Paris : Il a été longtems un de nos meilleurs journaux ;

---

(1) Nous venons de lire un éloge de l'âne dans un de ses derniers numéros.

mais le temps passé n'est plus ; et depuis qu'on peut y insérer *éloges* (1) ou *critiques*, en payant, on ne peut guères estimer sa rédaction.

Le Citoyen Français, journal politique, commercial et littéraire ; heureusement que *littéraire* est en tête du journal, sans cela on ne se serait jamais douté qu'il avait quelque rapport avec la littérature.

F.... e.

Le Publiciste : Ce journal ne publie jamais rien de bien nouveau ou de bien intéressant ; il paraît qu'il est beaucoup plus initié dans les boudoirs et les anti-chambres des princes étrangers, que dans les cabinets des souverains de l'Europe. Aussi nous apprend-il, avec cette *bonhommie* qui lui est si naturelle,

---

(1) Un superbe éloge, du mauvais opéra d'*Hécube*, occupant une page et demie, a été inséré dans ce journal pour la somme de soixante francs.

que *le prince de M.... est allé prendre les eaux à Spa... Que la voiture de madame la duchesse D.... a versé dans une ornière.... Que le cheval du roi d'Angleterre s'est abbattu, mais qu'ils ne se sont fait de mal* NI L'UN NI L'AUTRE, etc. Voilà à-peu-près quelles sont les nouvelles *politiques* et *étrangères* que nous lisons dans le Publiciste.

Nous lisons encore dans ce journal de longues analyses de nos pièces nouvelles, où les éloges, par trop prodigués, nous donnent une mauvaise idée, ou du goût ou de la bonne foi des rédacteurs.... *Ils ont fait l'éloge de Pinto.*

D...,

Journal de l'Opposition Littéraire : Il paraît tous les mois. Cette brochure est souvent rédigée avec esprit ; mais rarement avec impartialité. Tout ce que la littérature a de plus médiocre en auteurs ou enouvrages s'y trouve traité sans ménagement. Nous citons l'article suivant, pour donner une idée de l'esprit qui règne dans la rédaction de ce journal.

Maladie, agonie, mort et funérailles du lycée Thélusson.

Thélusson languissait depuis six mois dans un tel état d'épuisement, que nous nous attendions de jour en jour à le voir périr. Sa maigreur était si hideuse, qu'elle fesait pitié à tous ceux qui le visitaient : il exhalait d'ailleurs une odeur cadavéreuse qui éloignait de lui une grande partie de ses anciens amis. Cependant, quelque grave que fût sa maladie, le retour de la belle saison et l'air pur de la campagne qu'il respirait sur le boulevard (1), nous fesait espérer quelque amélioration, lorsqu'un mauvais génie (je dirais le génie du Portique, si le Portique avait du génie), nous suggéra le dessein d'appeler auprès du moribond 2 ou 3 médecins, les plus incurables de toutes les maladies. Le malheureux avait besoin de repos, et ils lui prescrivirent l'exercicele plus violent, le forcèrent à danser en public (2). Au lieu d'une

---

(1) Après avoir beaucoup voyagé, Thélusson avait voulu mourir au milieu des siens ; il occupait alors l'hôtel de la Merci, faubourg Montmartre.

(2) On sait qu'au lycée Thélusson, afin d'empêcher les abonnés de dormir, les lectures étaient entremêlées de danses, etc.

nourriture saine et solide, telle que l'exigeait sa faiblesse, ils ne lui donnèrent que des poésies fugitives, des épîtres, des madrigaux, etc., nourriture *insubstantielle* (1), qui lui fit perdre le peu de forces qui lui restaient.

Bientôt, par un traitement contraire et plus dangereux encore, ils chargèrent son estomac d'alimens grossiers et mal préparés, qu'il ne pouvait digérer. Deux ou trois mille vers, (et des vers alexandrins!) étaient sa ration ordinaire. La veille de sa mort, il avala, sans pouvoir le mâcher, le poëme entier de M. de Coriolis, *sur l'Étude*. Alors commença son agonie. L'art multiplia vainement ses remèdes accoutumés. L'émétique, pris à très-forte dose, ne produisit d'autre effet que l'évacuation d'un très-petit nombre de vers.

> Mon nom croissant avec les âges,
> Règne sur la postérité.
> Siècles, vous êtes ma conquête,
> Et la palme qui ceint ma tête
> Rayonne d'immortalité.
>
> *Lebrun, parlant de Lebrun.*

Thélusson expira, en vomissant cette immortalité pindarique.

Le docteur *Sue* procéda sur-le-champ à l'ouverture du corps. Une des Muses de la société tenait la chandelle. On trouva tous les viscères gangrénés en partie; le cerveau avait sur-tout éprouvé une détérioration sensible, cause nécessaire du délire presque

---

(1) Négatif de Pougens.

continuel du défunt. Le cœur n'était pas en très-bon état. — Certaines satyres. — Chut ! chut ! L'estomac était surchargé de matières informes, dont le poids et la mauvaise qualité avaient gêné ses fonctions : *Achille à Scyros*, *Hercule au mont OEta*, *Thémistocle*, etc. Le canal intestinal était obstrué à son extrêmité inférieure par les deux opéras de L.... Ch.

« Je crois, dit le docteur, qu'il est inu-» tile d'examiner certaines parties. — Etes-» vous fou, monsieur, s'écrient toutes les » dames ? Ces parties sont intéressantes ; » vous y trouverez le siège de la maladie. »

Le docteur obéit, et, d'un coup de scapel, il perça...... Que trouva-t-il ?..... Du vent.

Madame *. Je l'avais bien deviné.

Madame **. J'en étais convaincue depuis long-temps.

Mademoiselle.... Mon Dieu ! que fesions-nous ici ?

Cependant le docteur interrogeait tous les viscères une seconde fois, pour tâcher de découvrir la cause d'une suffocation subite, qui avait hâté la dernière heure du lycée.

« Ouvrons l'œsophage, dit-il. » Quel fut son étonnement d'y rencontrer un dystique complet du citoyen Fayolle ! Alors ôtant ses lunettes : « Ne cherchons point ailleurs la » cause prochaine, nécessaire, immédiate » de la mort du malade. »

Il dit : Tous les assistans jurèrent haine au dystique, et sur-le-champ M. de Coriolis, grand-maître de cérémonie, donna ses ordres pour la célébration des funérailles.

Comme le lycée avait toujours cherché à s'élever, on avait choisi les hauteurs voisines pour le lieu de la sépulture. La marche funéraire s'ouvrit aux flambeaux, à huit heures du soir. Une députation de la société littéraire de Montmartre, affiliée au lycée, précédait le cortège. La société d'émulation venait ensuite, dirigée par un maître d'écriture, auteur d'un traité sur la manière de tailler la plume. Le Portique avait député deux de ses membres, pour assister à la cérémonie funèbre ; mais ils s'étaient arrêtés dans un cabaret voisin, où ils avaient rencontré deux cuisinières de leur quartier, leurs consœurs littéraires. On remarquait, à la tête de la société philotechnique, un poëte vulgairement appelé la Cigogne des Vosges, et un abrégé de Pope, J. Lavallée, un des principaux reliefs de cette société savante. Mercier conduisait le lycée des Arts. Marchait sur la même ligne une députation de la société des Belles-Lettres, etc.

Tous les AMIS, en longs habits de deuil,
Les yeux en pleurs, entouraient le cercueil.

Les quatre coins du drap étaient portés par

M. Dumoustier, qui fit Epicure.
M. Luce, qui fit Périandre.
M. Mazoier, qui fit Médée.
Mme. Pipelet, qui fit Camille.

Le directeur Lebrun fermait le cortège ; sa douleur était vive et sincère ; il avait fondé sur le lycée l'espoir de sa fortune, et cet espoir s'évanouissait avec la gloire de ses abonnés. Il aurait voulu du moins brûler le corps du défunt, afin de vendre les cendres à son profit; mais les vieilles Muses de la société, qui craignaient qu'on ne les forçât à se jeter dans le bûcher, s'étaient vivement opposées à la conflagration.

Enfin, on arriva au lieu de la sépulture. Les sanglots redoublèrent; les larmes coulèrent avec plus d'abondance. Les hauteurs de Montmartre retentissaient des cris les plus lugubres, et tous les sociétaires, qui avaient autrefois entendu parler latin, se demandaient : *quomodò cecidit potens ?...* Le cadavre fut déposé avec un respect religieux dans le caveau qui avait été préparé, et qui bientôt fut couvert de brochures.

L.. C.. avait apporté une collection entière de son Mois. « Ombre illustre, dit-il, » si vous aimez encore la bonne plaisanterie, » vous lirez mes numéros avec plaisir ; car » vous avez du goût. Les vivans m'ont hué, » m'ont berné, m'ont sifflé; mais les morts » ont le tact fin, et j'en appelle à leur suf» frage. »

Il dit, et Fayolle,

La gloire du dystique et l'espoir du quatrain,

prononça l'éloge funèbre de messire Thélusson, sot et orgueilleux lycée, seigneur suzerain de deux mille Cotins, etc.

ATHÉES.

« Si j'étais roi, consul ou directeur,
» Je chasserais, bien loin de mon empire,
» Ces vils grimauds, dont l'audace en délire
» Ose insulter l'éternel Créateur. »

O toi qui régis l'univers, tremble, ton trône céleste va bientôt sécrouler, *Sylvain Maréchal* te déclare la guerre, tous les sots se réunissent à lui ; pourrais-tu soutenir le choc de ces *incalculables* ennemis?

Voici les premières hostilités de Sylvain Maréchal, elles ne sont cependant pas bien inquiétantes pour le moteur de toutes choses.

Ma raison est ma règle, et mon cœur est ma loi :
Je n'ai pas plus besoin d'un Dieu que lui de moi.

Je conviens, et tout le monde conviendra, que Dieu peut très-facilement se passer de toi ; mais toi, misérable, peux-tu te passer de lui? Si Dieu a quelques torts, c'est d'avoir donné l'existence à un être tel que toi, qui *affecte* de le méconnaître.

L'homme est mort au bons sens quand il vit pour
un Dieu.

Tes écrits nous prouvent le contraire.

Le culte paternel est le seul légitime.
Honorer d'autre Dieu que son père est un crime.

QUE DE SOTTISES en peu de mots.

Des cultes et des mœurs l'alliage adultère
Est la cause des maux qui désolent la terre.

Un homme religieux, et qui a *le malheur* d'avoir des mœurs, désole la terre ;.... on ne s'en serait jamais douté avant *Sylvain Maréchal ;* remercions-le donc d'avoir mis au jour une aussi *grande vérité.*

Le sommeil est mal-sain à l'ombre d'un autel.

Ceci est un peu amfigourique ; il nous en donnera l'explication une autre fois.

Qui croit l'erreur est peuple, et qui la prêche est
prêtre.

Quelle harmonie dans ce vers !

mais je ne m'arrêterai pas aux défauts poétiques, je n'arriverais jamais à la fin de l'ouvrage.

Et qui la prêche est prêtre. Monsieur Sylvain Maréchal a sans doute oublié l'erreur dans laquelle nous ont jeté tous nos charlatans révolutionnaires, qui n'*étaient pas des prêtres....*

Dieu n'a jamais donné la main à la vertu.

Vit-on jamais pareille morale; c'est bien là donner des encouragemens à tous les vices.

Je hais les Dieux: les Dieux ont engendré les rois.

Je hais les Dieux: D'accord, ils vous ont si mal traité, pauvre Sylvain Maréchal, que vous avez bien quelque droit de vous plaindre: mais *les Dieux ont engendré les rois;* vous ne les attaquez pas du bon côté, monsieur *Sylvain Maréchal.* Quoi! vous oubliez de dire qu'ils ont engendré les *Marat*, les *Carrier*, les *Couthon*, les *Robes-*

pierre, les..... Indiquez moi, s'il vous plaît, les rois qui ont couvert la terre d'un deuil plus général que les montres dont je viens de rappeler les noms d'*exécrable mémoire*. Je l'avoue, votre silence ici me devient très-suspect.

Sylvain Maréchal vient de faire encore un gros livre, qui, s'il pouvait être lancé avec assez de force, écraserait le Père éternel et toute sa cour ; mais toutes forces humaines ne pourraient supporter le poids énorme du dictionnaire des Athées.

Lalande veut jouer aussi le rôle d'Athée ; il serait fâché de ne point participer à quelque chose, où le bon sens n'est pour rien ; cependant il a un grand tort de moins que Sylvain Maréchal, c'est qu'il ne fait pas de vers.

Nous avons bien encore quelques petits Athées dans le Portique Républicain, mais c'est *si peu de chose* qu'il n'en faut pas parler.

CHARLATANS.

Si l'invention de la *femme invisible* n'est pas nouvelle, comme on a droit de le présumer, les moyens que l'auteur emploie pour y attirer la foule nous paraissent nouveaux. On le voit s'injurier *lui-même* dans nos différens journaux, sous des noms supposés, et répondre *lui-même* d'une manière victorieuse à toutes *ses* accusations.

Comme tout le monde ne lit pas les journaux (1), notre charlatan a eu recours aux *placards*, et a placardé avec une étonnante profusion dans toutes les rues de Paris, ce qu'il fesait insérer dans les journaux.

La première fois on a *presque*

(1) Il faudrait avoir bien peu de goût ou une bonne dose de patience et de courage.

été la dupe de cette petite charlatannerie ; mais il l'a répété si souvent, qu'à la fin on a vu passer le *petit bout d'oreille*, et la foule ne se dérange pas plus pour aller voir *la femme invisible*, qu'elle ne se dérange pour aller voir *la Pièce Curieuse* ou *le Petit Tableau d'un grand évènement*, petite pièce de *Lanterne magique* qui se donne au *Vaudeville.*

Nous devons ce chef-d'œuvre aux citoyens Barré, Radet et Desfontaines. Il y a des couplets à Bonaparte, et l'on sait qu'avec le nom de Bonaparte, ON EST SÛR DE RÉUSSIR ; mais il ne fallait pas moins que cela pour assurer le succès de ce très-médiocre vaudeville. Peut-on traiter aussi petitement un grand homme ?

FIN.

MILLIÈME PARTIE
DE LA
CRITIQUE
QUE L'ON PEUT FAIRE
DE CETTE BROCHURE.

Nous avons critiqué jusqu'ici une foule de bien mauvais écrivains ; mais nous ne croyons pas en avoir critiqué de plus détestables que nous. — Eh bien ! puisque vous avez la franchise de vous appeler *détestables écrivains*, pourquoi avez-vous eu l'idée de faire une misérable brochure qui va tomber dans l'oubli, d'où elle n'aurait jamais dû sortir ? — La rage d'écrire, mal dont on ne guérit jamais, et outre cela, l'exemple d'une infinité d'autres ouvrages aussi méprisables que celui-ci.

Passons au titre : *Petites Vérités*

au Grand Jour , cela n'a rien de bien saillant ; mais votre épigraphe,

Rien n'est beau que le vrai, le vrai seul est aimable.

me paraît injurieuse ; car quand on a l'intention de lancer des épigrammes contre quelqu'un , c'est l'offenser deux fois que de le prévenir qu'on va lui dire des vérités.

Dans notre revue des Acteurs, il y a quelques bonnes plaisanteries et des mots heureux , mais fort peu. Un reproche à nous faire, c'est de n'avoir pas toujours été justes envers eux.

Notre prose , nous en conviendrons est bien celle de quelques écoliers qui écrivent pour la première fois ; mais nos vers, ils sont délicieux !.... Jugez-en par les quatre suivans , adressés à mademoiselle *Sara-Lescaut* :

Avec un art charmant , *oui* tu te décomposes ,
Pour plaire au public chaque jour ;
Mais lui , de son côté, te paye de retour
Et t'applaudit dans tes *métamorphoses.*

Oui n'est pas cheville ici, eh! non, il ne l'est pas... *Mais lui, de son côté, te paie de retour.* Est-ce là de la prose, ou des vers de devise? nous en doutons encore.

Plus loin, en parlant de *Rosières*,

> C'est à l'ombre de la treille,
> *Qu'il acquit* tout son talent;

Qu'il acquit est très-joli dans un petit vers de huit syllabes! mais nous avons sacrifié l'harmonie des vers pour la vérité de l'idée.

Page 40, on lit l'épigramme suivante en parlant de Le Mercier:

> Sur son *Agamemnon*, chacun cria *haro !*....
> On bâilla près d'*Ophis*, on siffle encor *Pinto !*

Cette épigramme est de nous. Nous avons mis *haro*, parce qu'Eschyle, Sénèque, Thompson, Alfiéri lui ont fourni les meilleurs traits et les principaux rôles de cette tragédie. Aussi francs que mauvais écrivains, nous avouons tout bonnement que c'est sur *ouï dire* que nous avons fait notre épigramme ; car nous n'avons nullement connaissance des ouvrages de monsieur Eschyle ou de monsieur Sénèque.

« *Chazet* : Il travaille bien fort pour les Troubadours ; mais non pas fort bien. » Cette plaisanterie n'est pas neuve , nous en convenons ; mais elle est bien placée.

A l'article *poëtes*, nous n'avons désigné que *l'abbé De Lille* et c'est peut-être là la seule preuve de bon goût que nous ayons donnée. Mille rimeurs vont enrager de cette préférence. Les journalistes *louangeurs* vont nous démentir ; mais nous les attendons aux vers qu'ils vont nous citer en comparaison de ceux de ce véritable poëte :

. . . . . . De Virgile , élégant traducteur ,
De Lille quelquefois surpasse son auteur.

« Il semble que le *bon goût* se
» fasse un vrai plaisir de contrarier

» les opinions de l'Institut. » Voilà une phrase que nous ne pouvons nous pardonner ; mais *toute réflexion faite*, nous ne pouvons nous résoudre à l'effacer.

Nous nous accusons encore d'avoir pillé quelques pages par-ci, par-là ; mais ces petites licences *poétiques ou prosaïques* arrivent si souvent à nos écrivains ou à nos écrivassiers, qu'il n'y faut plus faire attention.

Nous avons eu tort de mal parler des journalistes, c'est une classe de gens si estimable..... ; ils sont généralement SOUPLES, complaisans, affables, *ils sont tout ce qu'on veut qu'ils soient*. Eh ! bon Dieu ! que ne sont-ils pas ?......

Outre les fautes typographique (1) que renferme cette bro-

---

(1) Celles-là ne nous regardent pas ; nous avons bien assez de mal de nous occuper des nôtres.

chure, on y trouve encore, une énorme quantité de *fautes de langue*, *de mauvaises tournures de phrases*, *des contextures bizarres*, *une ponctuation vicieuse*, etc., etc. Comme il est d'usage de s'autoriser quelquefois d'un grand maître; nous, nous nous autorisons de quelques membres de l'*Institut* ou des *sociétés savantes* qui sont souvent sujets à ces petits *inconvéniens litteraires*.

Misérables feseurs de critiques, pourquoi ne pas signer vos injurieux ouvrages ?— Voilà ce qui vous trompe, car nous nous sommes nommés tous les six dans cette délicieuse brochure.

www.ingramcontent.com/pod-product-compliance
Ingram Content Group UK Ltd.
Pitfield, Milton Keynes, MK11 3LW, UK
UKHW021103270726
13993UKWH00006B/524

9 782329 311777